瑞蘭國際

瑞蘭國際

瑞蘭國際

瑞蘭國際

# 印尼導遊
# 教你的
# 旅遊萬用句

許婉琪　著

# 將《印尼導遊教你的旅遊萬用句》裝進口袋，就能安心在印尼趴趴走

　　很多人對印尼或印度尼西亞的認識就只停留在峇里島，但印尼除了峇里島之外，其實還有很多好玩的地方喔！印尼是全世界最大的萬島之國，有山有水，是東南亞很棒的旅遊勝地，加上印尼人的熱情以及多元的文化習俗，您怎麼能不到印尼一遊呢！

　　無論何時何地，印尼總是被悠閒的度假氣氛包圍著，海灘、海洋公園、火山、廟寺、高爾夫球場和各式百貨公司散佈各處，在這個休閒天堂裡充滿了浪漫、放鬆、享樂和探險，所以人人熱愛於來此度假。

　　到印尼旅遊，如果還可以開口說印尼語，相信會讓您的旅程增添更有趣、更難忘的回憶！

　　從事印尼語教學多年的我相信，語言不只是工具，她更能為您開啟世界的另一扇窗，為您打開不同的視野。於是，我在這本書中整理了旅遊常用得到的單字、句子和文化習俗，希望讓您在印尼旅遊時能更安心，且還能以輕鬆的心情進到新的世界裡。

每個語言擁有自己的特色，印尼語也是。印尼語和中文不一樣，是採用拉丁字母為基本的拼音文字，與英文一樣共有26個字母。因此，為了讓華語世界的讀者能夠輕鬆又愉快地學會印尼語，我在本書中特別以注音符號來標示發音，如印尼文的「我」為「saya」，就發出[ㄙㄚ ㄧㄚˋ]的音。而在某些注音標示中會有一些小注音符號的出現，這是代表一些不需要發音的注音，只要快速帶過去就好，如印尼文的「明天」為「besok」[ㄅㄝ ㄙㄛˋㄍ]，其中的小注音「ㄍ」就是不需要特別發音的音。

另外，在注音符號拼音中也會看到「ˊ」和「ˋ」的符號，這些代表發音時的語氣。因為雖然印尼語沒有特殊符號，也非聲調語言，但是在對話中語氣，往往會隨著對話內容以及說話者的心情而改變，而有了這些符號輔助，您發出的印尼語會更有韻味。

說了那麼多，相信一旦您聽了MP3來搭配練習，必定就能很快上手。

最後，祝您有美好的旅遊經驗，讓印尼成為您難以忘懷的度假國家！

許婉琪
Molis Hoei

# 如何使用本書

**STEP 1** 在印尼旅遊時，
您可以這樣使用萬用字與萬用句

導遊教你的旅遊萬用字

| **01 時間** Waktu | MP3-01 |
| --- | --- |
| **sekarang** [ㄙㄜ／ 《ㄚˋ ㄖㄤˇ] | 現在 |
| **sebentar lagi** [ㄙㄜ／ ㄅㄣ／ ㄉㄚˋ ㄌㄚ／ 《一ˋ] | 再一下子 |
| **nanti** [ㄋㄢˋ ㄉㄧˋ] | 待會 |
| **hari ini** [ㄏㄚˋ ㄌㄧˇ 一／ ㄋㄧˋ] | 今天 |

**主題**
配合4大類，27
個小主題，認
識旅遊必學的
基本萬用字！

**單字**
依照分類，精
選最實用的相
關單字！

**MP3序號**
特聘印尼籍名師
錄製，配合MP3
學習，您也可以
說出一口漂亮又
自然的印尼語！

導遊教你的旅遊萬用句

**01 打包行李**
Mengepak Barang

MP3.28

**導遊教你說**

**Sudah bereskah koper Anda?**
[ㄙㄨˊ ㄉㄚˇㄅㄝ₍ㄖㄝ ㄇㄙㄍㄚˋ ㄎㄛˊㄇㄝˋ]
[ㄅㄝ ㄗㄨㄢˊㄇㄚ₍ ㄉㄚ₍]
您的行李箱已將準備好了嗎？

**Apa isi tas ransel ini?**
[ㄚ ㄅㄚˋㄧ₍ ㄒㄧ₍ㄉㄚㄙˋㄖㄢ₍ㄉㄝㄌˋ ㄙㄜㄌˋ]
[ㄧˊ ㄋㄧˋ]
這個包裝什麼東西呢？

**Tidak ada yang ketinggalankan?**
[ㄉㄧ₍ ㄉㄚ₍ㄉㄝˊ ㄉㄚ₍ㄉㄚㄌ₍ㄉㄝ₍]
[ㄎㄜˊ ㄉㄧㄥ₍ㄍㄚ ㄌㄢˊ ㄎㄢˊ]
沒有遺掉的物品嗎？

**Bawaan Anda banyak sekali.**
[ㄅㄚㄨ₍ ㄨㄢˊ ㄢ₍ㄉㄚˊㄇㄚ₍ ㄅㄚㄋㄧㄚˋㄎ₍]
[ㄙㄜˋ ㄍㄚ ㄌㄧㄝˊ]
您帶的東西好多。

74

| 場景 | 注音符號 |
|---|---|
| 搭配8大類，26個小場景，迅速學會各種地點、狀況、場合的旅遊萬用句。 | 全書印尼語皆附上注音符號，只要跟著念念看，您也可以變成印尼語達人。 |

5

## 印尼的節日
### Hari Libur Indonesia

由於印尼政府承認5種宗教，分別是伊斯蘭教、基督教、天主教、印度教及佛教，因此大多數的節日都跟宗教有關聯，而每一年節日的日期，也會按照各個信仰而訂定。

#### TahunBaru（新年；1月1日）

新年的前一天，印尼全國都很熱鬧，大家會聚在一起聽演唱會、看煙火、吹喇叭，等著倒數時刻的來臨。由於聖誕節假期跟新年假期是連在一起的，因此不少人選擇這時候去國內或是到國外旅遊。如果在這時候到雅加達旅行會比較輕鬆且不會塞車。但是相對的，印尼國內一些旅遊景點如萬隆、茂物、峇里島等，會變成非常熱鬧，到處都是人。

168

導遊為你
準備的
旅遊指南

精選在印尼旅遊時所需要的各種實用資訊，有「印尼地圖＋10大城市」、「印尼的行政區與各縣市」、「印尼的節日」、「印尼的文化習俗」、「重要網站」及「印尼語發音」等豐富訊息，帶您了解旅遊印尼時必須知曉的當地概況，還有當地生活民情以及重要節日，讓您體會「萬島之國」──印尼的萬種風情。最後附上駐印尼台北代表處及如何撥打台灣電話等資訊，讓您一個人在印尼享受放鬆之旅也不是難事喔！

# 目 次

## Part 1　導遊教你的旅遊萬用字

Chapter 4    **Kehidupan Sehari-hari** 生活篇    **53**

## Part 2　導遊教你的旅遊萬用句

## Part 3 導遊為你準備的旅遊指南

# PART 1

# 印尼導遊
# 教你的
# 旅遊萬用字

**Apa kabar?**

[ㄚ ㄅㄚˋ][ㄍㄚ ㄅㄚˋㆬˊ]

你好嗎？

# CHAPTER 1

# Waktu
## 時間篇

# 01 時間

## Waktu

MP3-01

| | |
|---|---|
| **sekarang**<br>[ㄙㄜ↗ ㄍㄚ ㄖㄤ↘] | 現在 |
| **sebentar lagi**<br>[ㄙㄜ↗ ㄅㄣ↘ ㄉㄚㄖ↘][ㄌㄚ ㄍㄧ↘] | 再一下子 |
| **nanti**<br>[ㄋㄢ↘ ㄉㄧ↘] | 待會 |
| **hari ini**<br>[ㄏㄚ ㄖㄧ↘][ㄧ ㄋㄧ↘] | 今天 |
| **besok**<br>[ㄅㄝ ㄙㄛㄎ↘] | 明天 |
| **besok lusa**<br>[ㄅㄝ ㄙㄛㄎ↘][ㄌㄨ ㄙㄚ↘] | 後天 |
| **kemarin**<br>[ㄍㄜ↗ ㄇㄚ ㄖㄧㄣ↘] | 昨天 |
| **kemarin dulu**<br>[ㄍㄜ↗ ㄇㄚ ㄖㄧㄣ↘][ㄉㄨ ㄌㄨ↘] | 前天 |

| subuh<br>[ㄙㄨ ㄅㄨㄏˋ] | 凌晨 |
|---|---|
| pagi<br>[ㄅㄚ ㄍㄧˋ] | 上午（日出～<br>10：00） |
| siang<br>[ㄒㄧ ㄤˋ] | 中午（11：00<br>～14：00） |
| sore<br>[ㄙㆤ ㄖㆤˋ] | 下午（15：00<br>～日落） |
| petang<br>[ㄅㄜ ㄉㄤˋ] | 下午（15：00<br>～日落） |
| malam<br>[ㄇㄚ ㄌㄤㄇˋ] | 晚上 |
| tengah malam<br>[ㄉㄜ ㄥㄚˋ][ㄇㄚ ㄌㄤㄇˋ] | 半夜 |
| waktu<br>[ㄨㄚㄅˋ ㄉㄨˋ] | 時間 |

17

# 月
**Bulan**

| | |
|---|---|
| **bulan**<br>[ㄅㄨ ㄉㄢˋ] | 月份;月亮 |
| **Januari**<br>[ㄓㄚˋ ㄋㄨˋ ㄚ ㄖㄧˋ] | 1月 |
| **Februari**<br>[ㄈㄜㄨˋ ㄖㄨˋ ㄚ ㄖㄧˋ] | 2月 |
| **Maret**<br>[ㄇㄚ ㄖㄝˊ] | 3月 |
| **April**<br>[ㄚˋㄨ ㄖㄧㄉˋ] | 4月 |
| **Mei**<br>[ㄇㄟˋ] | 5月 |
| **Juni**<br>[ㄓㄨˋ ㄋㄧˋ] | 6月 |
| **Juli**<br>[ㄓㄨˋ ㄌㄧˋ] | 7月 |

| | |
|---|---|
| **Agustus**<br>[ㄚ ㄍㄨㄙ↘ ㄉㄨㄙ↘] | 8月 |
| **September**<br>[ㄙㄝㄆ↘ ㄉㄥㄇ↘ ㄅㄜㄖ↘] | 9月 |
| **Oktober**<br>[ㄛㄎ↘ ㄉㄛ ㄅㄜㄖ↘] | 10月 |
| **November**<br>[ㄋㄛ↗ ㄈㄥㄇ↘ ㄅㄜㄖ↘] | 11月 |
| **Desember**<br>[ㄉㄟ↘ ㄙㄥㄇ↘ ㄅㄜㄖ↘] | 12月 |
| **bulan purnama**<br>[ㄅㄨ ㄌㄢ↘][ㄅㄨㄖ↗ ㄋㄚ ㄇㄚ↘] | 滿月 |
| **awal bulan**<br>[ㄚ ㄨㄚㄌ↘][ㄅㄨ ㄌㄢ↘] | 月初 |
| **akhir bulan**<br>[ㄚㄎ↘ ㄏㄧㄖ↘][ㄅㄨ ㄌㄢ↘] | 月底 |

| | |
|---|---|
| **hari**<br>[ㄏㄚ ㄖㄧˋ] | 日；天 |
| **Senin**<br>[ㄙㄜˊ ㄋㄧㄣˋ] | 星期一 |
| **Selasa**<br>[ㄙㄜˊ ㄌㄚ ㄙㄚˋ] | 星期二 |
| **Rabu**<br>[ㄖㄚ ㄅㄨˋ] | 星期三 |
| **Kamis**<br>[ㄍㄚ ㄇㄧㄥˋ] | 星期四 |
| **Jum'at**<br>[ㄗㄨㄇ ㄚㄜˋ] | 星期五 |
| **Sabtu**<br>[ㄙㄚㄡˋ ㄉㄨˋ] | 星期六 |
| **Minggu**<br>[ㄇㄧㄥˋ ㄍㄨˋ] | 星期日 |

# 節日、季節、宗教

Hari Raya, Musim, Agama

| | |
|---|---|
| **Tahun Baru**<br>[ㄅㄚ ㄏㄨㄣˋ][ㄅㄚ ㄖㄨˋ] | 元旦 |
| **Tahun Baru Imlek**<br>[ㄅㄚ ㄏㄨㄣˋ][ㄅㄚ ㄖㄨˋ]<br>[ㄧㄥˋ ㄌㄝˋ] | 農曆新年 |
| **Hari Raya Nyepi**<br>[ㄏㄚ ㄖㄧˋ][ㄖㄚ ㄧㄚˋ]<br>[ㄋㄧㄝ ㄅㄧˋ] | 印度教寧靜節 |
| **Hari Raya Waisak**<br>[ㄏㄚ ㄖㄧˋ][ㄖㄚ ㄧㄚˋ]<br>[ㄨㄞˋ ㄙㄚㄎˋ] | 佛誕日 |
| **Hari Raya Idul Fitri**<br>[ㄏㄚ ㄖㄧˋ][ㄖㄚ ㄧㄚˋ]<br>[ㄧ ㄉㄨㄌˋ][ㄈㄧㄥˋ ㄖㄧˋ] | 開齋節 |
| **Hari Raya Natal**<br>[ㄏㄚ ㄖㄧˋ][ㄖㄚ ㄧㄚˋ]<br>[ㄋㄚˋ ㄉㄚㄌˋ] | 聖誕節 |

21

| | |
|---|---|
| **Hari Kemerdekaan**<br>[ㄏㄚ ㄖㄧ↘]<br>[ㄍㄜ↗ ㄇㄜㄖ↗ ㄉㄜ↗ ㄍㄚ ㄢ↘] | 國慶日 |
| **bulan ramadhan**<br>[ㄅㄨ ㄌㄢ↘][ㄖㄚ↗ ㄇㄚ ㄉㄢ↘] | 齋戒月 |
| **musim kemarau**<br>[ㄇㄨ ㄒㄧㄥㄇ↘][ㄍㄜ↗ ㄇㄚ ㄖㄠ↘] | 旱季 |
| **musim hujan**<br>[ㄇㄨ ㄒㄧㄥㄇ↘][ㄏㄨ ㄗㄢ↘] | 雨季 |
| **agama**<br>[ㄚ ㄍㄚ ㄇㄚ↘] | 宗教 |
| **Islam**<br>[ㄧㄙ↘ ㄌㄤㄇ↘] | 伊斯蘭教 |
| **Kristen**<br>[ㄎㄖㄧㄙ↘ ㄉㄣ↘] | 基督教 |

## Katolik
[ㄍㄚ ㄉㄨㄛ ㄌㄧㄎˋ]

天主教

## Budha
[ㄅㄨㄉˋ ㄏㄚˋ]

佛教

## Hindu
[ㄏㄧㄣˋ ㄉㄨˋ]

印度教

**Terima kasih.**
[ㄉㄜˊ ㄖ— ㄇㄚˋ][ㄍㄚ ㄒ—ᵣˊ]
謝謝。

# CHAPTER 2

# Angka
## 數量篇

# 數字
Angka

MP3-05

| | |
|---|---|
| **nol / kosong**<br>[ㄋㄛㄦˋ]/[ㄍㄛ ㄙㄛㄥˋ] | 0 |
| **satu**<br>[ㄙㄚ ㄉㄨˋ] | 1 |
| **dua**<br>[ㄉㄨㄚˋ] | 2 |
| **tiga**<br>[ㄉㄧ ㄍㄚˋ] | 3 |
| **empat**<br>[ㄥㄇˋ ㄅㄚㄜˋ] | 4 |
| **lima**<br>[ㄌㄧˋ ㄇㄚˋ] | 5 |
| **enam**<br>[ㄜ ㄋㄤㄇˋ] | 6 |
| **tujuh**<br>[ㄉㄨ ㄗㄨㄦˋ] | 7 |

**delapan**
[ㄉㄜˊ ㄌㄚ ㄅㄢˋ]

8

**sembilan**
[ㄙㄥㄣˋ ㄅㄧ ㄌㄢˋ]

9

**sepuluh**
[ㄙㄜˊ ㄅㄨ ㄌㄨㄏˋ]

10

**sebelas**
[ㄙㄜˊ ㄅㄜˊ ㄌㄚㄙˋ]

11

**dua belas**
[ㄉㄨㄚˋ][ㄅㄜˊ ㄌㄚㄙˋ]

12

**tiga belas**
[ㄉㄧ ㄍㄚˋ][ㄅㄜˊ ㄌㄚㄙˋ]

13

**empat belas**
[ㄥㄣˋ ㄅㄚㄙˋ][ㄅㄜˊ ㄌㄚㄙˋ]

14

**lima belas**
[ㄌㄧˋ ㄇㄚˋ][ㄅㄜˊ ㄌㄚㄙˋ]

15

27

| | |
|---|---|
| **enam belas**<br>[ㄜ ˙ㄋㄜㄣˋ][ㄅㄜˊ ㄌㄚˋ] | 16 |
| **tujuh belas**<br>[ㄉㄨ ㄗㄨㄏˋ][ㄅㄜˊ ㄌㄚˋ] | 17 |
| **delapan belas**<br>[ㄉㄜˊ ㄌㄚ ㄅㄢˋ][ㄅㄜˊ ㄌㄚˋ] | 18 |
| **sembilan belas**<br>[ㄙㄥㄇˋ ㄅㄧ ㄌㄢˋ][ㄅㄜˊ ㄌㄚˋ] | 19 |
| **dua puluh**<br>[ㄉㄨㄚˋ][ㄅㄨ ㄌㄨㄏˋ] | 20 |
| **dua (puluh) satu**<br>[ㄉㄨㄚˋ][ㄅㄨ ㄌㄨㄏˋ][ㄙㄚ ㄉㄨˋ] | 21 |
| **dua (puluh) dua**<br>[ㄉㄨㄚˋ][ㄅㄨ ㄌㄨㄏˋ][ㄉㄨㄚˋ] | 22 |

28

**dua (puluh) sembilan**
[ㄉㄨㄚˋ][ㄅㄨ ㄉㄨㄏˋ]
[ㄙㄥㄇˋ ㄅㄧ ㄌㄢˋ]

29

**tiga puluh**
[ㄉㄧ ㄍㄚˋ][ㄅㄨ ㄉㄨㄏˋ]

30

**empat puluh**
[ㄥㄇˋ ㄅㄚˋ][ㄅㄨ ㄉㄨㄏˋ]

40

**lima puluh**
[ㄌㄧˋ ㄇㄚˋ][ㄅㄨ ㄉㄨㄏˋ]

50

**enam puluh**
[ㄜ ㄋㄤㄇˋ][ㄅㄨ ㄉㄨㄏˋ]

60

**tujuh puluh**
[ㄉㄨ ㄗㄨㄏˋ][ㄅㄨ ㄉㄨㄏˋ]

70

**delapan puluh**
[ㄉㄜˊ ㄌㄚ ㄅㄢˋ][ㄅㄨ ㄉㄨㄏˋ]

80

**sembilan puluh**
[ㄙㄥㄣˋ ㄅㄧ ㄌㄢˋ][ㄅㄨ ㄌㄨㄏˋ]

90

**seratus**
[ㄙㄜˊ ㄖㄚ ㄉㄨㄙˋ]

100

# 金錢
## Uang

MP3-06

| | |
|---|---|
| **rupiah**<br>[ㄖㄨˊ ㄅ一 ㄚˊㄟˋ] | 印尼幣 |
| **lima puluh**<br>[ㄌ一ˋ ㄇㄚˋ][ㄅㄨ ㄌㄨˊㄟˋ] | 50 |
| **seratus**<br>[ㄙㄜˊ ㄖㄚ ㄌㄨㄥˋ] | 100 |
| **lima ratus**<br>[ㄌ一ˋ ㄇㄚˋ][ㄖㄚ ㄌㄨㄥˋ] | 500 |
| **seribu**<br>[ㄙㄜˊ ㄖ一 ㄅㄨˋ] | 1,000（1千） |
| **dua ribu**<br>[ㄉㄨㄚˋ][ㄖ一 ㄅㄨˋ] | 2,000（2千） |
| **lima ribu**<br>[ㄌ一ˋ ㄇㄚˋ][ㄖ一 ㄅㄨˋ] | 5,000（5千） |
| **sepuluh ribu**<br>[ㄙㄜˊ ㄅㄨ ㄌㄨㄟˋ][ㄖ一 ㄅㄨˋ] | 10,000（1萬） |

| | |
|---|---|
| **dua puluh ribu**<br>[ㄉㄨㄚˋ][ㄅㄨ ㄉㄨㄏˋ][ㄖㄧ ㄅㄨˋ] | 20,000<br>（2萬） |
| **lima puluh ribu**<br>[ㄌㄧˋ ㄇㄚˋ][ㄅㄨ ㄉㄨㄏˋ][ㄖㄧ ㄅㄨˋ] | 50,000<br>（5萬） |
| **seratus ribu**<br>[ㄙㄜˊ ㄖㄚ ㄉㄨㄥˋ][ㄖㄧ ㄅㄨˋ] | 100,000<br>（10萬） |
| **satu juta**<br>[ㄙㄚ ㄉㄨˋ][ㄗㄨ ㄉㄚˋ] | 1,000,000<br>（100萬） |
| **sepuluh juta**<br>[ㄙㄜˊ ㄅㄨ ㄉㄨㄏˋ][ㄗㄨ ㄉㄚˋ] | 10,000,000<br>（1千萬） |
| **seratus juta**<br>[ㄙㄜˊ ㄖㄚ ㄉㄨㄥˋ][ㄗㄨ ㄉㄚˋ] | 100,000,000<br>（1億） |
| **satu milyar**<br>[ㄙㄚ ㄉㄨˋ][ㄇㄧㄦ ㄧㄚㄛˋ] | 1,000,000,000<br>（10億） |
| **satu trilliun**<br>[ㄙㄚ ㄉㄨˋ][ㄓㄖㄧㄦˋ ㄉㄧㄨㄅˋ] | 1,000,000,000,<br>000（1兆） |

# 數量詞、單位
**Ukuran, Satuan**

MP3-07

| | |
|---|---|
| **centi meter (cm)**<br>[ㄙㄣˋ ㄊㄧˋ][ㄇㄝ ㄊㄜㆰˋ] | 公分 |
| **meter (m)**<br>[ㄇㄝ ㄊㄜㆰˋ] | 公尺 |
| **kilo meter (km)**<br>[ㄍㄧ ㄌㄛˋ][ㄇㄝ ㄊㄜㆰˋ] | 公里 |
| **gram (gr)**<br>[ㄍㄖㄤㆰˋ] | 克 |
| **kilo gram (kg)**<br>[ㄍㄧ ㄌㄛˋ][ㄍㄖㄤㆰˋ] | 公克 |
| **liter**<br>[ㄌㄧ ㄊㄜㆰˋ] | 公升 |
| **gelas**<br>[ㄍㄜˊ ㄌㄚㄙˋ] | 杯 |
| **piring**<br>[ㄅㄧ ㄖㄧㄥˋ] | 盤 |

| | |
|---|---|
| **orang**<br>[ㄛ ㄖㄤˋ] | 人 |
| **buah**<br>[ㄅㄨ ㄚˋ] | 個；顆 |
| **ekor**<br>[ㄝ ㄍㄛˋ] | 隻；匹 |
| **lembar**<br>[ㄌㄥˋ ㄅㄚˋ] | 張；件 |
| **tahun**<br>[ㄉㄚ ㄏㄨㄣˋ] | 歲；年 |
| **batang**<br>[ㄅㄚ ㄉㄤˋ] | 支 |
| **botol**<br>[ㄅㄛ ㄉㄛㄌˋ] | 瓶 |
| **rupiah**<br>[ㄖㄨˊ ㄅㄧ ㄚˋ] | 錢（印尼盾） |

# CHAPTER 3

# Kuliner
美食篇

# 01 印尼美食
## Makanan Khas Indonesia

MP3-08

| | |
|---|---|
| **rendang**<br>[ㄖㄣ↘ ㄉㄤ↘] | 巴東牛肉 |
| **sate**<br>[ㄙㄚ ㄉㄝ↘] | 沙嗲 |
| **nasi goreng**<br>[ㄋㄚ ㄒㄧ↘][ㄍㄛ ㄖㄝㄥ↘] | 炒飯 |
| **gado-gado**<br>[ㄍㄚ ㄉㄛ↘][ㄍㄚ ㄉㄛ↘] | 印尼蔬菜沙拉 |
| **soto ayam**<br>[ㄙㄛ ㄉㄛ↘][ㄚ ㄧㄤㄇ↘] | 雞肉絲湯 |
| **nasi kuning**<br>[ㄋㄚ ㄒㄧ↘][ㄍㄨ ㄋㄧㄥ↘] | 黃薑飯 |
| **sup buntut**<br>[ㄙㄨㄆ↘][ㄅㄨㄣ↘ ㄉㄨㄊ↘] | 牛尾湯 |
| **bakso**<br>[ㄅㄚㄎ↘ ㄙㄛ↘] | 牛肉丸湯麵 |

| | |
|---|---|
| **kari ayam**<br>[ㄍㄚ ㄖㄧㄟˋ][ㄚ ㄧㄤnˋ] | 咖哩雞 |
| **tempe**<br>[ㄉㄝㄥnˋ ㄅㄝˋ] | 發酵豆 |
| **ayam betutu**<br>[ㄚ ㄧㄤnˋ][ㄅㄜˊ ㄉㄨ ㄉㄨˋ] | 峇里島烤雞 |
| **empek-empek**<br>[ㄥnˋ ㄅㄝˋ][ㄥnˋ ㄅㄝˋ] | 印尼甜不辣 |
| **rujak buah**<br>[ㄖㄨ ㄗㄚㄎˋ][ㄅㄨ ㄚㄏˋ] | 水果沙拉 |
| **es cendol**<br>[ㄝㄥˋ][ㄗㄝㄣˋ ㄉㄛˋ] | 椰汁珍珠冰 |
| **sambal terasi**<br>[ㄙㄤnˋ ㄅㄚㄌˋ][ㄉㄜˊ ㄖㄚ ㄒㄧˋ] | 蝦醬辣椒醬 |
| **kerupuk udang**<br>[ㄍㄜˊ ㄖㄨ ㄅㄨㄎˋ][ㄨ ㄉㄤˋ] | 炸蝦餅 |

# 飲料
## Minuman

MP3-09

| | |
|---|---|
| **kelapa muda**<br>[《さˊ ㄌㄚ ㄅㄚˋ][ㄇㄨ ㄉㄚˋ] | 嫩椰子 |
| **air mineral**<br>[ㄚ 一ㄖˋ][ㄇ一ˊ ㄋさˊ ㄖㄚˋ] | 礦泉水 |
| **jus**<br>[ㄗㄨㄥˋ] | 果汁 |
| **bir**<br>[ㄅ一ㄖˋ] | 啤酒 |
| **kopi**<br>[《さ ㄅ一ˋ] | 咖啡 |
| **susu**<br>[ㄙㄨ ㄙㄨˋ] | 牛奶 |
| **teh manis**<br>[ㄉㄜㄦˋ][ㄇㄚ ㄋㄥˋ] | 甜（紅）茶 |
| **teh tawar**<br>[ㄉㄜㄦˋ][ㄉㄚ ㄨㄚㄖˋ] | 無糖（紅）茶 |

# 印尼小吃、點心
## Cemilan, Jajanan Pasar Indonesia MP3-10

| | |
|---|---|
| **tahu isi**<br>[ㄉㄚ ㄏㄨˋ][一 ㄒ一ˋ] | 炸豆腐包餡 |
| **kue lumpur**<br>[ㄍㄨㄝˋ][ㄌㄨㄥㄇˋ ㄅㄨㄖˋ] | 椰子糕 |
| **dadar gulung**<br>[ㄉㄚ ㄉㄚㄖˋ][ㄍㄨ ㄉㄨㄥˋ] | 香蘭煎餅 |
| **kerak telur**<br>[ㄍㄜ ㄖㄚㄎˋ][ㄉㄜˊ ㄉㄨㄖˋ] | 炸糯米蛋 |
| **kue lapis**<br>[ㄍㄨㄝˋ][ㄉㄚ ㄅㄥˋ] | 千層糕 |
| **bika Ambon**<br>[ㄅ一 ㄍㄚˋ][ㄤㄇˋ ㄅㄛㄣˋ] | 金魚翅糕 |
| **lumpia**<br>[ㄌㄨㄥㄇˋ ㄅ一ㄚˋ] | 炸春捲 |
| **klepon**<br>[ㄍㄉㄜˋ ㄅㄛㄣˋ] | 香蘭糯米糕 |

# 肉類
**Daging**

| | |
|---|---|
| **daging ayam**<br>[ㄉㄚ ㄍㄧㄥㄟ][ㄚ ㄧㄚㄇㄟ] | 雞肉 |
| **daging babi**<br>[ㄉㄚ ㄍㄧㄥㄟ][ㄅㄚ ㄅㄧㄟ] | 豬肉 |
| **daging bebek**<br>[ㄉㄚ ㄍㄧㄥㄟ][ㄅㄝ ㄅㄝㄉㄟ] | 鴨肉 |
| **daging kambing**<br>[ㄉㄚ ㄍㄧㄥㄟ][ㄍㄤㄟ ㄅㄧㄥㄟ] | 羊肉 |
| **daging sapi**<br>[ㄉㄚ ㄍㄧㄥㄟ][ㄙㄚ ㄅㄧㄟ] | 牛肉 |
| **iga sapi**<br>[ㄧ ㄍㄚㄟ][ㄙㄚ ㄅㄧㄟ] | 牛肋骨 |
| **paha ayam**<br>[ㄅㄚ ㄏㄚㄟ][ㄚ ㄧㄚㄇㄟ] | 雞腿 |
| **sayap ayam**<br>[ㄙㄚ ㄧㄚㄆㄟ][ㄧ ㄧㄚㄇㄟ] | 雞翅 |

# 魚類
## Ikan

| | |
|---|---|
| **ikan**<br>[一 ㄍㄢˋ] | 魚 |
| **ikan bandeng**<br>[一 ㄍㄢˋ][ㄅㄢ ㄉㄥˋ] | 虱目魚 |
| **ikan kerapu**<br>[一 ㄍㄢˋ][ㄍㄜˊ ㄖㄚ ㄅㄨˋ] | 石斑魚 |
| **ikan lele**<br>[一 ㄍㄢˋ][ㄌㄝ ㄌㄝˋ] | 鯰魚 |
| **ikan gurami**<br>[一 ㄍㄢˋ][ㄍㄨ ㄖㄚ ㄇㄧˋ] | 鯉魚 |
| **ikan salmon**<br>[一 ㄍㄢˋ][ㄙㄢˇ ㄇㄛㄣˋ] | 鮭魚 |
| **ikan tuna**<br>[一 ㄍㄢˋ][ㄉㄨ ㄋㄚˋ] | 鮪魚 |
| **ikan asin**<br>[一 ㄍㄢˋ][ㄚ ㄒㄧㄣˋ] | 鹹魚 |

# 海鮮
Seafood

MP3-13

**abalon**
[ㄚ ㄅㄚ ㄌㄛㄅㄟ]

鮑魚

**cumi-cumi**
[ㄗㄨ ㄇㄧㄟ][ㄗㄨ ㄇㄧㄟ]

魷魚

**kepiting**
[ㄍㄜˊ ㄅㄧ ㄉㄧㄥㄟ]

螃蟹

**kerang**
[ㄍㄜˊ ㄖㄤㄟ]

貝

**rumput laut**
[ㄖㄨㄇㄟ ㄅㄨㄜㄟ][ㄌㄚ ㄨㄛㄟ]

海草

**sirip ikan**
[ㄒㄧ ㄖㄧㄡㄟ][ㄧ ㄍㄢㄟ]

魚翅

**teripang**
[ㄉㄜˊ ㄖㄧ ㄅㄤㄟ]

海參

**udang**
[ㄨ ㄉㄤㄟ]

蝦

# 蔬菜
**Sayur Mayur**

| | |
|---|---|
| **bawang merah**<br>[ㄅㄚ ㄨㄤˋ][ㄇㄝ ㄖㄚˊ] | 紅蔥頭 |
| **bawang putih**<br>[ㄅㄚ ㄨㄤˋ][ㄅㄨ ㄉㄧˊ] | 蒜頭 |
| **bayam**<br>[ㄅㄚ ㄧㄚnˋ] | 菠菜 |
| **brokoli**<br>[ㄅㄖㄛˋ ㄍㄛ ㄉㄧˋ] | 花椰菜 |
| **cabai**<br>[ㄗㄚˋ ㄅㄞˋ] | 辣椒 |
| **daun pepaya**<br>[ㄉㄚˋ ㄨㄣˋ][ㄅㄜˊ ㄅㄚ ㄧㄚˋ] | 木瓜葉 |
| **jagung**<br>[ㄗㄚˋ ㄍㄨㄥˋ] | 玉米 |
| **jamur**<br>[ㄗㄚˋ ㄇㄨₒˋ] | 香菇 |

| | |
|---|---|
| **kacang panjang**<br>[ㄍㄚ ㄗㄤˋ][ㄅㄢˋ ㄗㄤˋ] | 長豆 |
| **kangkung**<br>[ㄍㄤˋ ㄍㄨㄥˋ] | 空心菜 |
| **kentang**<br>[ㄍㄣˋ ㄉㄤˋ] | 馬鈴薯 |
| **sayur**<br>[ㄙㄚˋ ㄧㄨˋ] | 青菜 |
| **petai**<br>[ㄅㄜ ㄉㄞˋ] | 臭豆 |
| **taoge**<br>[ㄉㄚㄛˋ ㄍㄜˋ] | 豆芽 |
| **tomat**<br>[ㄉㄛˋ ㄇㄚˋ] | 番茄 |
| **wortel**<br>[ㄨㄛˋ ㄉㄜˋ] | 紅蘿蔔 |

# 水果
Buah

MP3-15

| buah<br>[ㄅㄨˋ ㄚㄏˋ] | 水果 |
| belimbing<br>[ㄅㄜˊ ㄌㄧㄥㄇˋ ㄅㄧㄥˋ] | 楊桃 |
| anggur<br>[ㄤˋ ㄍㄨㄖˋ] | 葡萄 |
| durian<br>[ㄉㄨˊ ㄖㄧ ㄢˋ] | 榴蓮 |
| pir<br>[ㄅㄧㄖˋ] | 梨 |
| jeruk<br>[ㄐㄜ ㄖㄨㄎˋ] | 橘子 |
| kurma<br>[ㄍㄨㄖˋ ㄇㄚˋ] | 椰棗 |
| kelapa<br>[ㄍㄜˊ ㄌㄚ ㄅㄚˋ] | 椰子 |

| | |
|---|---|
| **mangga**<br>[ㄇㄤˋ ㄍㄚˋ] | 芒果 |
| **manggis**<br>[ㄇㄤˋ ㄍ一ㄥˋ] | 山竺 |
| **nangka**<br>[ㄋㄤˋ ㄍㄚˋ] | 波蘿密 |
| **pepaya**<br>[ㄅㄜˊ ㄅㄚ 一ㄚˋ] | 木瓜 |
| **pisang**<br>[ㄅ一 ㄙㄤˋ] | 香蕉 |
| **rambutan**<br>[ㄖㄤnˋ ㄅㄨ ㄉㄢˋ] | 紅毛丹 |
| **salak**<br>[ㄙㄚ ㄌㄚㄎˋ] | 蛇皮果 |
| **tebu**<br>[ㄉㄜˊ ㄅㄨˋ] | 甘蔗 |

# 調味料、料理法
**Bumbu Dapur, Cara Penyajian** `MP3-16`

| | |
|---|---|
| **bawang goreng**<br>[ㄅㄚ ㄨㄤˋ][ㄍㄛ ㄖㄜˊ ㄥˋ] | 炸紅蔥 |
| **cabai**<br>[ㄗㄚˋ ㄅㄞˋ] | 辣椒醬 |
| **cuka**<br>[ㄗㄨˋ ㄍㄚˋ] | 醋 |
| **garam**<br>[ㄍㄚˋ ㄖㄤnˋ] | 鹽 |
| **gula**<br>[ㄍㄨˋ ㄌㄚˋ] | 糖 |
| **kecap asin**<br>[ㄍㄜ ㄗㄚˋ][ㄚ ㄒㄧㄅˋ] | 鹹醬油 |
| **kecap manis**<br>[ㄍㄜ ㄗㄚˋ][ㄇㄚ ㄋㄧㄥˋ] | 甜醬油 |
| **lada**<br>[ㄌㄚ ㄌㄚˋ] | 胡椒 |

47

| minyak<br>[ㄇㄧˋ ㄋㄧㄚㄍˋ] | 油 |
| madu<br>[ㄇㄚˋ ㄉㄨˋ] | 蜂蜜 |
| selai<br>[ㄙㄜ ㄌㄞˋ] | 果醬 |
| serai<br>[ㄙㄜ ㄖㄞˋ] | 香茅 |
| santan<br>[ㄙㄢˋ ㄉㄢˋ] | 椰漿 |
| terasi<br>[ㄉㄜˊ ㄖㄚ ㄒㄧˋ] | 蝦醬 |
| kunyit<br>[ㄍㄨ ㄋㄧㄥˋ] | 薑黃 |
| kemiri<br>[ㄍㄜˊ ㄇㄧ ㄖㄧˋ] | 石栗 |

| **kukus**<br>[ㄍㄨ ㄍㄨㄥˋ] | 蒸 |
|---|---|
| **rebus**<br>[ㄖㄜˊ ㄅㄨㄥˋ] | 水煮 |
| **tumis**<br>[ㄉㄨ ㄇㄧㄥˋ] | 炒 |
| **goreng**<br>[ㄍㄛ ㄖㄝㄥˋ] | 炸 |
| **bakar**<br>[ㄅㄚ ㄍㄚ˳ˋ] | 燒 |
| **panggang**<br>[ㄅㄤˋ ㄍㄤˋ] | 烤 |
| **asam manis**<br>[ㄚ ㄙㄚ˳ˋ][ㄇㄚˋ ㄋㄧㄥˋ] | 糖醋 |
| **balado**<br>[ㄅㄚˊ ㄌㄚ ㄌㄛˋ] | 辣醬 |

# 10 味道、感覺
Rasa

| asam<br>[ㄚ ㄙㄚㄇˋ] | 酸 |
|---|---|
| asin<br>[ㄚ ㄒㄧ�548ˋ] | 鹹 |
| manis<br>[ㄇㄚˋ ㄋㄧㄥˋ] | 甜 |
| pahit<br>[ㄅㄚˋ ㄏㄧㄤˋ] | 苦 |
| pedas<br>[ㄅㄜˊ ㄉㄚㄥˋ] | 辣 |
| dingin<br>[ㄉㄧˋ ㄥㄧㄣˋ] | 冷 |
| hangat<br>[ㄏㄚˋ ㄥㄚㄤˋ] | 溫 |
| panas<br>[ㄅㄚ ㄋㄚㄥˋ] | 熱 |

# 餐具
**Peralatan Makan**

| | |
|---|---|
| **piring** <br> [ㄅ一ˋ ㄖ一ㄥˋ] | 盤 |
| **mangkok** <br> [ㄇㄤˋ ㄍㄛㄍˋ] | 碗 |
| **gelas** <br> [ㄍㄜˊ ㄌㄚˋ] | 杯子 |
| **sendok** <br> [ㄙㄝㄅˋ ㄌㄛㄍˋ] | 湯匙 |
| **garpu** <br> [ㄍㄚˋ ㄅㄨˋ] | 叉子 |
| **pisau** <br> [ㄅ一ˋ ㄙㄠˋ] | 刀子 |
| **sumpit** <br> [ㄙㄨㄥˋ ㄅ一ㄜˋ] | 筷子 |
| **teko** <br> [ㄉㄝ ㄍㄛˋ] | 茶壺 |

**Sampai Jumpa!**

[ㄙㄤ˙ㄅㄞˋ][ㄗㄨㄣ˙ㄅㄚˊ]

再見！

# CHAPTER 4

# Kehidupan Sehari-hari

## 生活篇

# 生活場所
**Tempat Umum**

MP3-19

| | |
|---|---|
| **sekolah**<br>[ㄙㄜ ㄍㄛ ㄌㄚˊ] | 學校 |
| **perpustakaan**<br>[ㄅㄜㄖˋ ㄅㄨㄥˋ ㄌㄚˊ ㄍㄚ ㄢˋ] | 圖書館 |
| **rumah sakit**<br>[ㄖㄨ ㄇㄚˊ][ㄙㄚ ㄍㄧㄥˋ] | 醫院 |
| **apotik**<br>[ㄚ ㄅㄛ ㄉㄧㄥˋ] | 藥局 |
| **restoran**<br>[ㄖㄝㄥˋ ㄉㄛ ㄖㄢˋ] | 餐廳 |
| **bank**<br>[ㄅㄤㄥˋ] | 銀行 |
| **pasar**<br>[ㄅㄚ ㄙㄚㄖˋ] | 傳統市場 |
| **toilet**<br>[ㄉㄛㄧˋ ㄌㄝㄊˋ] | 廁所 |

| | |
|---|---|
| **kantor polisi**<br>[《ㄢˋ ㄉㄛˋ][ㄅㄛˊ ㄌㄧ ㄒㄧˋ] | 警察局 |
| **kantor pos**<br>[《ㄢˋ ㄉㄛˋ][ㄅㄛㄥˋ] | 郵局 |
| **bandara**<br>[ㄅㄢˋ ㄉㄚ ㄖㄚˋ] | 機場 |
| **pelabuhan**<br>[ㄅㄜˊ ㄉㄚ ㄅㄨ ㄏㄢˋ] | 碼頭 |
| **stasiun**<br>[ㄙㄉㄚˊ ㄒㄧ ㄨㄣˋ] | 火車站 |
| **halte**<br>[ㄏㄚˋ ㄉㄜˋ] | 車站;站牌 |
| **museum**<br>[ㄇㄨˊ ㄙㄝ ㄨㄥˋ] | 博物館 |
| **bioskop**<br>[ㄅㄧˊ ㄛㄥˋ 《ㄛˋ] | 電影院 |

| salon<br>[ㄙㄚˊ ㄌㄛㄥˋ] | 沙龍 |
|---|---|
| kantor<br>[ㄍㄢˋ ㄌㄛˋ] | 辦公室 |
| taman<br>[ㄉㄚ ㄇㄢˋ] | 公園 |
| toko<br>[ㄉㄛ ㄍㄛˋ] | 店 |
| warung<br>[ㄨㄚ ㄖㄨㄥˋ] | 小吃店 |
| masjid<br>[ㄇㄚㄙˋ ㄐㄧㄜˋ] | 清真寺 |
| gereja<br>[ㄍㄜˊ ㄖㄝ ㄗㄚˋ] | 教堂 |
| vihara<br>[ㄈㄧˊ ㄏㄚ ㄖㄚˋ] | 佛堂 |

# 生活用品

## Keperluan Sehari-hari

MP3-20

| | |
|---|---|
| **sabun**<br>[ㄙㄚ　ㄅㄨㄣ↘] | 香皂 |
| **sampo**<br>[ㄙㄤㄇ↘　ㄅㄛ↘] | 洗髮精 |
| **kondisioner**<br>[ㄍㄛㄣ↘　ㄉㄧ↘　ㄒㄧㄛ　ㄋㄜㄖ↘] | 潤髮乳 |
| **sikat gigi**<br>[ㄒㄧ　ㄍㄚㄊ↘][ㄍㄧ　ㄍㄧ↘] | 牙刷 |
| **odol**<br>[ㄛ　ㄉㄛㄌ↘] | 牙膏 |
| **pengering rambut**<br>[ㄅㄜ↗　ㄋㄧㄝ　ㄖㄧㄥ↘][ㄖㄤㄇ　ㄅㄨㄊ↘] | 吹風機 |
| **handuk**<br>[ㄏㄢ↘　ㄉㄨㄎ↘] | 毛巾 |
| **cermin**<br>[ㄗㄜㄖ↘　ㄇㄧㄣ↘] | 鏡子 |

| | |
|---|---|
| **baju**<br>[ㄅㄚ ㄗㄨˋ] | 衣服 |
| **celana**<br>[ㄗㄜˊ ㄌㄚ ㄋㄚˋ] | 褲子 |
| **gaun**<br>[ㄍㄚ ㄨㄣˋ] | 連身裙 |
| **kemeja**<br>[ㄍㄜˊ ㄇㄝ ㄗㄚˋ] | 襯衫 |
| **dasi**<br>[ㄉㄚ ㄒㄧˋ] | 領帶 |
| **rok**<br>[ㄖㄜㄎˋ] | 裙子 |
| **jas**<br>[ㄗㄚㄥˋ] | 西裝外套 |
| **baju renang**<br>[ㄅㄚ ㄗㄨˋ][ㄖㄜˊ ㄋㄤˋ] | 游泳衣 |

| | |
|---|---|
| **topi**<br>[ㄉㄛ ㄅㄧˋ] | 帽子 |
| **kacamata**<br>[ㄍㄚ ㄗㄚ ㄇㄚ ㄉㄚˋ] | 眼鏡 |
| **anting-anting**<br>[ㄢˋ ㄉㄧㄥˋ][ㄢˋ ㄉㄧㄥˋ] | 耳環 |
| **gelang**<br>[ㄍㄜˊ ㄌㄤˋ] | 手環 |
| **kalung**<br>[ㄍㄚ ㄌㄨㄥˋ] | 項鍊 |
| **cincin**<br>[ㄐㄧㄣˋ ㄐㄧㄣˋ] | 戒指 |
| **bross**<br>[ㄅㄖㄛㄥˋ] | 胸針 |
| **peniti**<br>[ㄅㄜˊ ㄋㄧ ㄉㄧˋ] | 別針 |

| | |
|---|---|
| **ikat pinggang**<br>[ㄧ ㄍㄚㄊˋ][ㄅㄧㄥˋ ㄍㄤˋ] | 腰帶 |
| **sarung tangan**<br>[ㄙㄚ ㄖㄨㄥˋ][ㄉㄚ ㄥㄚㄅˋ] | 手套 |
| **kaos kaki**<br>[ㄍㄚ ㄛㄙˋ][ㄍㄚ ㄍㄧˋ] | 襪子 |
| **tas**<br>[ㄉㄚㄙˋ] | 包包 |
| **sepatu**<br>[ㄙㄜˊ ㄅㄚ ㄉㄨˋ] | 鞋子 |
| **jam tangan**<br>[ㄗㄤㄋˋ][ㄉㄚ ㄥㄢˋ] | 手錶 |
| **gelang kaki**<br>[ㄍㄜˊ ㄌㄤˋ][ㄍㄚ ㄍㄧˋ] | 腳鍊 |
| **jepit dasi**<br>[ㄗㄜˊ ㄅㄧㄊˋ][ㄉㄚ ㄒㄧˋ] | 領帶夾 |

| bedak [ㄅㄜˊ ㄉㄚˇ] | 粉餅 |
| pelembab [ㄅㄜˊ ㄌㄥˋ ㄅㄚˋ] | 乳液 |
| maskara [ㄇㄚˋ ㄍㄚ ㄖㄚˋ] | 睫毛膏 |
| pensil alis [ㄅㄣˋ ㄒㄧˇ][ㄚ ㄌㄧㄥˋ] | 眉筆 |
| masker [ㄇㄚˋ ㄍㄜˋ] | 面膜 |
| cat kuku [ㄗㄚˋ][ㄍㄨ ㄍㄨˋ] | 指甲油 |
| cat rambut [ㄗㄚˋ][ㄖㄤˋ ㄅㄨㄜˋ] | 染髮劑 |
| parfum [ㄅㄚˋ ㄈㄨㄥˋ] | 香水 |

# 顏色
**Warna**

| | |
|---|---|
| **merah**<br>[ㄇㄝ ㄖㄚˊ\] | 紅色 |
| **biru**<br>[ㄅㄧ ㄖㄨˋ] | 藍色 |
| **hijau**<br>[ㄏㄧˋ ㄗㄠˋ] | 綠色 |
| **kuning**<br>[ㄍㄨ ㄋㄧㄥˋ] | 黃色 |
| **orange**<br>[ㄛ ㄖㄚ ㄋㄝˋ] | 橘色 |
| **cokelat**<br>[ㄗㄛ ㄍㄜ ㄌㄚㄉˋ] | 褐色 |
| **ungu**<br>[ㄨ ㄥㄨˋ] | 紫色 |
| **pink**<br>[ㄅㄧㄥㄍˋ] | 粉紅色 |

| | |
|---|---|
| **putih beras**<br>[ㄅㄨ ㄉㄧ一ㄏˊ\][ㄅㄜ ㄖㄚㄥˋ\] | 米色 |
| **putih**<br>[ㄅㄨ ㄉㄧ一ㄏˊ\] | 白色 |
| **abu-abu**<br>[ㄚ ㄅㄨˋ\][ㄚ ㄅㄨˋ\] | 灰色 |
| **hitam**<br>[ㄏㄧ一 ㄉㄤㄇˋ\] | 黑色 |
| **emas**<br>[ㄜˊ ㄇㄚㄥˋ\] | 金色 |
| **perak**<br>[ㄅㄝ ㄖㄚㄅˋ\] | 銀色 |
| **tua**<br>[ㄉㄨ ㄚˋ\] | 深色 |
| **muda**<br>[ㄇㄨ ㄉㄚˋ\] | 淺色 |

# 交通工具
## Transportasi

| mobil<br>[ㄇㄛ ㄅㄧㄦˋ] | 汽車 |
|---|---|
| motor<br>[ㄇㄛ ㄉㄜㄖˋ] | 機車 |
| sepeda<br>[ㄙㄜˊ ㄅㄝ ㄉㄚˋ] | 腳踏車 |
| bus<br>[ㄅㄨㄙˋ] | 公車 |
| taksi<br>[ㄉㄚㄙˋ ㄒㄧˋ] | 計程車 |
| pesawat terbang<br>[ㄅㄜ ㄙㄚ ㄨㄚㄗˋ][ㄉㄜㄖˋ ㄅㄤˋ] | 飛機 |
| kereta api<br>[ㄍㄜˊ ㄖㄝ ㄉㄚˋ][ㄚ ㄅㄧˋ] | 火車 |
| kapal<br>[ㄍㄚ ㄅㄚㄦˋ] | 船 |

# 位置、方向
## Posisi, Arah

MP3-26

| | |
|---|---|
| **kanan**<br>[ㄍㄚ　ㄋㄢ↘] | 右 |
| **kiri**<br>[ㄍㄧ　ㄖㄧ↘] | 左 |
| **depan**<br>[ㄉㄜ↗　ㄅㄢ↘] | 前面 |
| **belakang**<br>[ㄅㄜ↗　ㄌㄚ　ㄍㄤ↘] | 後面 |
| **atas**<br>[ㄚ　ㄉㄚㄙ↘] | 上面 |
| **bawah**<br>[ㄅㄚ　ㄨㄚㄏ↘] | 下面 |
| **samping kanan**<br>[ㄙㄤㄇ↘　ㄅㄧㄥ↘][ㄍㄚ　ㄋㄢ↘] | 右邊 |
| **samping kiri**<br>[ㄙㄤㄇ↘　ㄅㄧㄥ↘][ㄍㄧ　ㄖㄧ↘] | 左邊 |

| | |
|---|---|
| **timur**<br>[ㄉㄧ ㄇㄨㄖˋ] | 東 |
| **barat**<br>[ㄅㄚ ㄖㄚㄊˋ] | 西 |
| **utara**<br>[ㄨ ㄉㄚ ㄖㄚˋ] | 北 |
| **selatan**<br>[ㄙㄜˊ ㄌㄚ ㄌㄢˋ] | 南 |
| **di sini**<br>[ㄉㄧˊ][ㄒㄧ ㄋㄧˋ] | 在這裡 |
| **di sana**<br>[ㄉㄧˊ][ㄙㄚ ㄋㄚˋ] | 在那裡 |
| **di dalam**<br>[ㄉㄧˊ][ㄉㄚ ㄉㄤㄇˋ] | 在裡面 |
| **di luar**<br>[ㄉㄧˊ][ㄌㄨ ㄚㄖˋ] | 在外面 |

# 著名景點
## Tempat Wisata

MP3-27

| | |
|---|---|
| **Kawah Putih**<br>[《ㄚ ㄨㄚㄏㄟ][ㄅㄨ ㄉㄧㄟ] | 白色火山口 |
| **Danau Toba**<br>[ㄉㄚ ㄋㄠㄟ][ㄉㄛ ㄅㄚㄟ] | 多巴湖 |
| **Puncak Jayawijaya**<br>[ㄅㄨㄣ ㄗㄚㄣㄟ]<br>[ㄗㄚ ㄧㄚㄟ ㄨㄧㄦ ㄗㄚ ㄧㄚㄟ] | 查亞峰 |
| **Tana Toraja**<br>[ㄉㄚ ㄋㄚㄟ][ㄉㄛㄦ ㄖㄚ ㄐㄧㄚㄟ] | 塔納托拉雅 |
| **Candi Borobudur**<br>[ㄗㄢㄟ ㄉㄧㄟ]<br>[ㄅㄛㄦ ㄖㄛ ㄅㄨ ㄉㄨㄗㄟ] | 婆羅浮屠寺 |
| **Gunung Bromo**<br>[《ㄨ ㄋㄨㄥㄟ][ㄅ˙ㄖㄛㄟ ㄇㄛㄟ] | 婆羅摩火山 |
| **Gunung Rinjani**<br>[《ㄨ ㄋㄨㄥㄟ][ㄖㄧㄣㄟ ㄗㄚ ㄋㄧㄟ] | 林價尼火山 |

67

## Taman Laut Bunaken
[ㄉㄚ ㄇㄢˋ][ㄉㄚ ㄨㄜˋ]
[ㄅㄨ ㄋㄚ ㄍㄣˋ]

布納肯
海洋公園

## Taman Laut Wakatobi
[ㄉㄚ ㄇㄢˋ][ㄉㄚ ㄨㄜˋ]
[ㄨㄚˊ ㄍㄚ ㄉㄛ ㄅㄧˋ]

瓦卡托比
海洋公園

## Pulau Seribu
[ㄅㄨ ㄌㄠˋ][ㄙㄜˊ ㄖㄧ ㄅㄨˋ]

千島群島

## Pulau Komodo
[ㄅㄨ ㄌㄠˋ][ㄍㄛˊ ㄇㄛ ㄉㄛˋ]

科莫多島

## Pulau Lombok
[ㄅㄨ ㄌㄠˋ][ㄌㄛㄇㄣˋ ㄅㄛˇ]

龍目島

## Pulau Bali
[ㄅㄨ ㄌㄠˋ][ㄅㄚ ㄌㄧˋ]

峇里島

## Pulau Karimun Jawa
[ㄅㄨ ㄌㄠˋ][ㄍㄚˊ ㄖㄧ ㄇㄨㄣˋ]
[ㄗㄚ ㄨㄚˋ]

卡里摩爪哇島

| | |
|---|---|
| **Kepulauan Raja Ampat**<br>[ㄍㄜ↗ ㄅㄨ ㄌㄠ↘ ㄢ↘]<br>[ㄖㄚ↘ ㄗㄚ↘][ㄤㄇ↘ ㄅㄚㄊ↘] | 拉賈安帕群島 |
| **Goa Gong**<br>[ㄍㄛ ㄚ↘][ㄍㄨㄥ↘] | 鐘乳石岩洞 |

# PART 2

# 印尼導遊
# 教你的
# 旅遊萬用句

**Jam berapa sekarang?**

[ㄗㄤˋ][ㄅㄜˊ ㄖㄚ ㄅㄚˋ]
[ㄙㄜˊ ㄍㄚ ㄖㄤˊ]

現在幾點呢？

# CHAPTER 1

# Persiapan
## 準備篇

01 | Mengepak Barang 打包行李

02 | Memastikan 確認

# 打包行李
**Mengepak Barang**

MP3-28

導遊教你說

---

**Sudah bereskah koper Anda?**

[ㄙㄨ ㄉㄚ⌐ㄟ][ㄅㄜ ㄖㄜˋ 《ㄚˋ]
[《《ㄛ ㄅㄜˋ][ㄢˋ ㄉㄚˊ]

您的行李箱已經準備好了嗎？

---

**Apa isi tas ransel ini?**

[ㄚ ㄅㄚˋ][ㄧ ㄒㄧˋ][ㄉㄚㄙˋ][ㄖㄢˋ ㄙㄜㄌˋ]
[ㄧˊ ㄋㄧˊ]

這背包裝什麼東西呢？

---

**Tidak ada yang ketinggalankan?**

[ㄉㄧ ㄉㄚ⌐ㄟ][ㄚ ㄉㄚˋ][ㄧㄤˋ]
[《《ㄛˊ ㄉㄧㄥˋ 《《ㄚ ㄌㄢˋ 《《ㄢˊ]

沒有漏掉的物品嗎？

---

**Bawaan Anda banyak sekali.**

[ㄅㄚˊ ㄨㄚ ㄢˋ][ㄢˋ ㄉㄚˋ][ㄅㄚ ㄋㄧㄚㄙˋ]
[ㄙㄜˊ 《《ㄚ ㄌㄧˋ]

您帶的東西好多。

---

你也可以這樣說

### Ada paspor di tas.
[Y ㄉㄚˋ][ㄅㄥˋ ㄅㄛˋ][ㄉㄧˊ][ㄉㄚˋ]

在包包裡有**護照**。

### Ada kamera di tas.
[Y ㄉㄚˋ][ㄍㄚˊ ㄇㄝ ㄖㄚˋ][ㄉㄧˊ][ㄉㄚˋ]

在包包裡有**照相機**。

### Ada pembalut di tas.
[Y ㄉㄚˋ][ㄅㄥˋ ㄅㄚ ㄉㄨㄜˋ][ㄉㄧˊ][ㄉㄚˋ]

在包包裡有**衛生棉**。

### Ada kartu kredit di tas.
[Y ㄉㄚˋ][ㄍㄚㄖˋ ㄉㄨˋ][ㄍㄖㄝˋ ㄉㄧㄥˋ]
[ㄉㄧˊ][ㄉㄚˋ]

在包包裡有**信用卡**。

### Ada kunci di tas.
[Y ㄉㄚˋ][ㄍㄨㄣˋ ㄐㄧˋ][ㄉㄧˊ][ㄉㄚˋ]

在包包裡有**鑰匙**。

 導遊教你說

### Barang penting sudah dibawa?
[ㄅㄚ ㄖㄤˋ][ㄅㄣˋ ㄅㄧㄥˋ][ㄙㄨ ㄉㄚˊˋ]
[ㄉㄧ ㄅㄚ ㄨㄚˊ]
重要物品已經帶了嗎？

### Yang mana koper Anda?
[ㄧㄤˋ][ㄇㄚ ㄋㄚˋ][ㄍㄛ ㄅㄜ˙ˋ][ㄣˋ ㄉㄚˊ]
哪件是您的行李箱？

### Besok pagi pesawat jam tujuh.
[ㄅㄟ ㄙㄛ˙ˋ][ㄅㄚ ㄍㄧˊ][ㄅㄜˊ ㄙㄚ ㄨㄚㄉˋ]
[ㄗㄤˋ][ㄉㄨ ㄗㄨˊˋ]
明天早上7點的飛機。

### Koper saya ada di mobil.
[ㄍㄛ ㄅㄜ˙ˋ][ㄙㄚ ㄧㄚˋ][ㄚ ㄉㄚˋ][ㄉㄧˊ][ㄇㄛ ㄅㄧㄉˋ]
我的行李箱在車子裡。

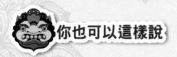
**Jangan lupa bawa pulpen.**

[ㄗㄚ ㄥㄚㄣ丶][ㄌㄨ ㄅㄚ丶][ㄅㄚ ㄨㄚ丶][ㄅㄨㄦ丶 ㄅㄝㄣ丶]

別忘了帶筆。

**Jangan lupa bawa obat.**

[ㄗㄚ ㄥㄚㄣ丶][ㄌㄨ ㄅㄚ丶][ㄅㄚ ㄨㄚ丶][ㄛ ㄅㄜ丶]

別忘了帶藥。

**Jangan lupa bawa dompet.**

[ㄗㄚ ㄥㄚㄣ丶][ㄉㄚ ㄅㄚ丶][ㄅㄚ ㄨㄚ丶][ㄉㄨㄥㄣ丶 ㄅㄝㄓ丶]

別忘了帶錢包。

**Jangan lupa bawa uang.**

[ㄗㄚ ㄥㄚㄣ丶][ㄉㄨ ㄅㄚ丶][ㄅㄚ ㄨㄚ丶][ㄨ ㄤ丶]

別忘了帶錢。

**Jangan lupa pasang gembok.**

[ㄗㄚ ㄥㄚㄣ丶][ㄉㄨ ㄅㄚ丶][ㄅㄚ ㄙㄤ丶][ㄍㄥㄣ丶 ㄅㄛㄅ丶]

別忘了鎖行李箱。

**Di mana toilet?**
[ㄉㄧ ㄇㄚˊ ㄋㄚˋ]
[ㄉㄛˋ ㄌㄝ˙ˊ]
廁所在哪裡？

# CHAPTER 2

# Di Bandara
## 機場篇

# 入境審查
Pemeriksaan Imigrasi

`MP3-30`

 導遊教你說

---

**Tolong tunjukkan paspor Anda.**

[ㄉㄛ ㄉㄨㄥˋ][ㄉㄨㄣˋ ㄗㄨㄞ ㄍㄢˋ]
[ㄅㄣˋ ㄅㄛˋ][ㄢˋ ㄉㄚˋ]

請給我看您的護照。

---

**Apa tujuan Anda ke Indonesia?**

[ㄚ ㄅㄚˋ][ㄉㄨ ㄗㄨ ㄢˋ][ㄢˋ ㄉㄚˋ][ㄍㄜˊ]
[一ㄣˋ ㄉㄛ ㄋㄟˋ ㄒ一ㄚˊ]

您來印尼的目的什麼呢？

---

**Berapa lama Anda di Indonesia?**

[ㄅㄜˊ ㄖㄚ ㄅㄚˋ][ㄉㄚ ㄇㄚˋ][ㄢˋ ㄉㄚˋ]
[ㄉ一ˊ][一ㄣˋ ㄉㄛ ㄋㄟˋ ㄒ一ㄚˊ]

您在印尼停留多久？

---

**Di mana Anda tinggal?**

[ㄉ一ˊ][ㄇㄚ ㄋㄚˋ][ㄢˋ ㄉㄚˋ][ㄉ一ㄥˋ ㄍㄚㄉˊ]

您住在哪？

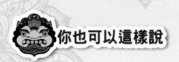 

**Untuk liburan.**

[ㄨㄣˋ ㄉㄨㄎˇ][ㄌㄧˊ ㄅㄨ ㄖㄢˊ]

來度假。

**Untuk mengunjungi keluarga.**

[ㄨㄣˋ ㄉㄨㄎˇ][ㄇㄜˊ ㄥㄨㄣˋ ㄗㄨ ㄥㄧˋ]

[ㄍㄜˊ ㄌㄨ ㄚˋ ㄍㄚˋ]

來探親。

**Untuk mengunjungi teman.**

[ㄨㄣˋ ㄉㄨㄎˇ][ㄇㄜˊ ㄥㄨㄣˋ ㄗㄨ ㄥㄧˋ]

[ㄉㄜˊ ㄇㄢˋ]

來看朋友。

**Untuk studi banding.**

[ㄨㄣˋ ㄉㄨㄎˇ][ㄙㄉㄨ ㄉㄧˋ][ㄅㄢˋ ㄉㄥˋ]

來考察。

**Untuk urusan bisnis.**

[ㄨㄣˋ ㄉㄨㄎˇ][ㄨ ㄖㄨ ㄙㄢˋ][ㄅㄧㄙˋ ㄋㄧㄙˋ]

來談生意。

# 02 領取行李
**Pengambilan Bagasi**

 導遊教你說

---

**Bagasi saya tidak ada.**
[ㄅㄚ ㄍㄚ ㄒㄧˋ][ㄙㄚ ㄧㄚˋ][ㄉㄧ ㄉㄚ˙][ㄚ ㄉㄚˋ]
沒有我的行李。

---

**Berapa nomor tempat pengambilan bagasi?**
[ㄅㄜˊ ㄖㄚ ㄅㄟˋ][ㄋㄛ ㄇㄛ˙][ㄉㄥˋ ㄅㄚˋ]
[ㄅㄜˊ ㄥㄤ˙ ㄅㄧ ㄌㄢˋ][ㄅㄚ ㄍㄚ ㄒㄧˊ]
在幾號轉盤領取行李？

---

**Tunjukkan nomor bagasi Anda.**
[ㄉㄨㄥˋ ㄗㄨ˙ ㄍㄢˋ][ㄋㄛ ㄇㄛ˙]
[ㄅㄚ ㄍㄚ ㄒㄧˋ][ㄢˋ ㄉㄚˋ]
給我看您的行李號碼牌。

---

**Tolong bawakan koper saya.**
[ㄉㄛ ㄉㄨㄥˋ][ㄅㄚ ㄨㄚ ㄍㄢˋ][ㄍㄛ ㄅㄜ˙]
[ㄙㄚ ㄧㄚˋ]
請幫我拿行李。

82

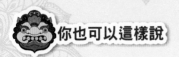

## Di mana stroli?

[ㄉㄧˊ][ㄇㄚ ㄋㄚˋ][ㄙㄉㄖㄛ ㄉㄧˊ]

推車在哪裡？

## Di mana toilet?

[ㄉㄧˊ][ㄇㄚ ㄋㄚˋ][ㄉㄛㄧˋ ㄉㄟˊ]

廁所在哪裡？

## Di mana tempat pengaduan bagasi?

[ㄉㄧˊ][ㄇㄚ ㄋㄚˋ][ㄉㄥˋ ㄅㄚˋ]
[ㄅㄜˊ ㄥㄚ ㄉㄨ ㄅㄚˋ][ㄅㄚ ㄍㄚ ㄒㄧˊ]

行李投訴在哪裡？

## Di mana tempat tukar uang?

[ㄉㄧˊ][ㄇㄚ ㄋㄚˋ][ㄉㄥˋ ㄅㄚˋ][ㄉㄨ ㄍㄚₒˋ]
[ㄨ ㄤˋ]

貨幣兌換處在哪裡？

## Di mana tempat tunggu taksi?

[ㄉㄧˊ][ㄇㄚ ㄋㄚˋ][ㄉㄥˋ ㄅㄚˋ][ㄉㄨㄥˋ ㄍㄨˋ]
[ㄉㄚₒ ㄒㄧˊ]

計程車招呼站在哪裡？

# 03 海關
## Bea Cukai

MP3-32

### 導遊教你說

**Bagasinya tolong dibuka.**

[ㄅㄚ　ㄍㄚ　ㄒㄧ　ㄋㄧㄚ↘][ㄉㄛ　ㄌㄛㄥ↘]

[ㄉㄧ↗　ㄅㄨ　ㄍㄚ↘]

請打開行李箱。

**Ini apa?**

[ㄧ　ㄋㄧ↘][ㄚ　ㄅㄚ↗]

這是什麼？

**Ada barang yang harus dilaporkan?**

[ㄚ　ㄉㄚ↘][ㄅㄚ　ㄖㄤ↘][ㄧㄤ↘][ㄏㄚ　ㄖㄨㄙ↘]

[ㄉㄧ↗　ㄌㄚ↗　ㄅㄛㄖ↘　ㄍㄢ↗]

有要申報的物品嗎？

**Dilarang membawa barang tiruan.**

[ㄉㄧ↗　ㄌㄚ　ㄖㄤ↘][ㄇㄥㄇ↘　ㄅㄚ　ㄨㄚ↘][ㄅㄚ　ㄖㄤ↘]

[ㄉㄧ↗　ㄖㄨ　ㄢ↘]

禁止帶入仿冒物品。

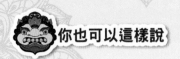

**Ini teh Oolong.**

[ㄧ ㄋㄧˋ][ㄉㄟˊ][ㄛˋ ㄌㄛㄥˋ]

這是**烏龍茶**。

**Ini kue nanas.**

[ㄧ ㄋㄧˋ][ㄍㄨㄝˋ][ㄋㄚ ㄋㄚˋ]

這是**鳳梨酥**。

**Ini kue bulan.**

[ㄧ ㄋㄧˋ][ㄍㄨㄝˋ][ㄅㄨ ㄌㄢˋ]

這是**月餅**。

**Ini obat sakit perut.**

[ㄧ ㄋㄧˋ][ㄛ ㄅㄚˋ][ㄙㄚ ㄍㄧㄥˋ][ㄅㄜˊ ㄖㄨㄥˋ]

這是**瀉藥**。

**Ini obat Cina.**

[ㄧ ㄋㄧˋ][ㄛ ㄅㄚˋ][ㄐㄧ ㄋㄚˋ]

這是**中藥**。

 導遊教你說

**Boleh tukar NT ke rupiah?**
[ㄅㄛ ㄉㄝˇ][ㄉㄨ ㄍㄚˇ][NT][ㄍㄜ][ㄖㄨˊ ㄅㄧ ㄚˇ]
可以把台幣換成印尼幣嗎？

**Tentu saja.**
[ㄉㄣˇ ㄉㄨˇ][ㄙㄚ ㄗㄚˇ]
那當然。

**Berapa kursnya?**
[ㄅㄜˊ ㄖㄚ ㄅㄚˇ][ㄍㄨㄙˇ ㄋㄧㄚˊ]
匯率多少？

**Coba saya cek.**
[ㄗㄛ ㄅㄚˇ][ㄙㄚ ㄧㄚˇ][ㄗㄝˇ]
我來查一下。

**Tukar <u>NT</u> ke rupiah.**

[ㄉㄨ ㄍㄚˋ][NT][ㄍㄜˊ][ㄖㄨˊ ㄅ一 ㄚˊ]

把<u>台幣</u>換成印尼幣。

**Tukar <u>dolar</u> ke rupiah.**

[ㄉㄨ ㄍㄚˋ][ㄉㄛ ㄉㄚˋ][ㄍㄜˊ][ㄖㄨˊ ㄅ一 ㄚˊ]

把<u>美金</u>換成印尼幣。

**Tukar <u>dolar Hongkong</u> ke rupiah.**

[ㄉㄨ ㄍㄚˋ][ㄉㄛ ㄉㄚˋ][ㄏㄨㄥˋ ㄍㄨㄥˋ]

[ㄍㄜˊ][ㄖㄨˊ ㄅ一 ㄚˊ]

把<u>港幣</u>換成印尼幣。

**Tukar <u>China Yuan</u> ke rupiah.**

[ㄉㄨ ㄍㄚˋ][ㄐ一 ㄋㄚˋ][一ㄨ ㄋˋ][ㄍㄜˊ]

[ㄖㄨˊ ㄅ一 ㄚˊ]

把<u>人民幣</u>換成印尼幣。

**Tukar <u>ringgit</u> ke rupiah.**

[ㄉㄨ ㄍㄚˋ][ㄖㄥˋ ㄍ一ₑˋ][ㄍㄜˊ][ㄖㄨˊ ㄅ一 ㄚˊ]

把<u>馬來幣</u>換成印尼幣。

Indah sekali.

[一ㄣ ㄉㄚ丶]
[ㄙㄜˊ ㄍㄚ ㄉㄧ一ˊ]

好美喔！

# CHAPTER 3

# Transportasi
# 交通篇

 導遊教你說

### Di mana terminal bus?
[ㄉㄧˊ][ㄇㄚ ㄋㄚˋ][ㄉㄜ˙ㄖㄣˊ ㄇㄧˊ ㄋㄚㄦˋ][ㄅㄨㄥˊ]
客運站在哪裡？

### Saya menunggu bus ke Surabaya.
[ㄙㄚ ㄧㄚˋ][ㄇㄜ ㄋㄥˋ ㄍㄨˋ][ㄅㄨㄥˋ][ㄍㄜˊ]
[ㄙㄨ ㄖㄚ ㄅㄚ ㄧㄚˋ]
我等著到泗水的車。

### Mari kita naik.
[ㄇㄚ ㄖㄧˋ][ㄍㄧ ㄉㄚˋ][ㄋㄚ ㄧₙˋ]
來，上車吧！

### Bus yang mana?
[ㄅㄨㄥˋ][ㄧㄤˋ][ㄇㄚ ㄋㄚˊ]
哪輛車？

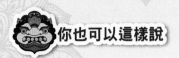你也可以這樣說

**Bus yang kuning.**

[ㄅㄨㄥˋ][ㄧㄤˋ][ㄍㄨ ㄋㄧㄥˋ]

黃色的公車。

**Bus yang biru.**

[ㄅㄨㄥˋ][ㄧㄤˋ][ㄅㄧ ㄖㄨˋ]

藍色的公車。

**Bus yang merah.**

[ㄅㄨㄥˋ][ㄧㄤˋ][ㄇㄝ ㄖㄚˋ]

紅色的公車。

**Bus yang hijau.**

[ㄅㄨㄥˋ][ㄧㄤˋ][ㄏㄧ ㄗㄠˋ]

綠色的公車。

**Bus yang putih.**

[ㄅㄨㄥˋ][ㄧㄤˋ][ㄅㄨ ㄅㄧㄏˋ]

白色的公車。

# 售票處
**Tempat Pembelian Tiket**

`MP3-35`

導遊教你說

### Berapa harganya?
[ㄅㄜˊ ㄖㄚ ㄅㄟˋ][ㄏㄚˋ ㄍㄚ ㄋㄧㄚˊ]

請問多少錢？

### Bayar dengan kartu kredit.
[ㄅㄚ ㄧㄚˋ][ㄉㄜˊ ㄥㄢˋ][ㄍㄚˋ ㄉㄨˋ]
[ㄍㄖㄟ ㄉㄧㄥˋ]

用信用卡付費。

### Bayar tunai.
[ㄅㄚ ㄧㄚˋ][ㄉㄨ ㄋㄞˋ]

用現金付費。

### Tunggu sebentar.
[ㄉㄨㄥˋ ㄍㄨˋ][ㄙㄜˊ ㄅㄣˋ ㄉㄚˋ]

請稍待一下。

你也可以這樣說

**Dua tiket pulang pergi.**
[ㄌㄨㄚˋ][ㄉㄧ- ㄍㄝㄈˋ][ㄅㄨ ㄌㄤˋ][ㄅㄜㄖˋ ㄍㄧˋ]
兩（張）來回票。

**Dua tiket sekali jalan.**
[ㄌㄨㄚˋ][ㄉㄧ- ㄍㄝㄈˋ][ㄙㄜㄎˊ ㄍㄚ ㄌㄧˋ][ㄗㄚ ㄌㄢˋ]
兩（張）單程票。

**Dua tiket kereta api.**
[ㄌㄨㄚˋ][ㄉㄧ- ㄍㄝㄈˋ][ㄍㄜˊ ㄖㄝ ㄉㄚˋ][ㄚ ㄅㄧˋ]
兩（張）火車票。

**Dua tiket bisnis.**
[ㄌㄨㄚˋ][ㄉㄧ- ㄍㄝㄈˋ][ㄅㄧㄣˋ ㄋㄧㄣˋ]
兩（張）商務票。

**Dua tiket ekonomi.**
[ㄌㄨㄚˋ][ㄉㄧ- ㄍㄝㄈˋ][ㄝ ㄍㄜˊ ㄋㄨㄛˋ ㄇㄧˋ]
兩（張）經濟票。

**導遊教你說**

## Sudah termasuk bensin, tol dan parkir.
[ㄙㄨ ㄅㄚㄏˋ][ㄉㄜ◦ˊ ㄇㄚ ㄙㄨㄎˋ][ㄅㄜㄣˋ ㄒㄧㄣˋ],
[ㄉㄛ◦ㄚˋ][ㄉㄢˋ][ㄅㄧ◦ˋ ㄍㄧ◦ˋ]
已經包含加油、高速公路過路費以及停車費。

## Belum termasuk bensin, tol dan parkir.
[ㄅㄜˊ ㄌㄨㄥㄦˋ][ㄉㄜ◦ˊ ㄇㄚ ㄙㄨㄎˋ]
[ㄅㄜㄣˋ ㄒㄧㄣˋ],[ㄉㄛ◦ㄚˋ][ㄉㄢˋ][ㄅㄧ◦ˋ ㄍㄧ◦ˋ]
不包含加油、高速公路過路費以及停車費。

## Layanan antar jemput.
[ㄌㄚˊ ㄧㄚ ㄋㄢˋ][ㄢˋ ㄉㄚ◦ˋ][ㄗㄥˋ ㄅㄨㄜˋ]
接送服務。

## Sewa harian atau bulanan?
[ㄙㄟ ㄨㄚˋ][ㄏㄚˊ ㄖㄧ ㄢˋ][ㄚ ㄉㄠˋ]
[ㄅㄨˊ ㄉㄚ ㄋㄢˊ]
日租或月租？

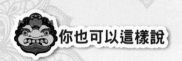

**你也可以這樣說**

---

## Sewa mobil 12 jam.
[ㄙㄟ ㄨㄚ\][ㄇㄛ ㄅㄧㄣ\][ㄉㄨㄟ\][ㄅㄜˊ ㄌㄚㄙ\][ㄗㄤㄣ\]

租車12小時。

---

## Sewa mobil 24 jam.
[ㄙㄟ ㄨㄚ\][ㄇㄛ ㄅㄧㄣ\][ㄉㄨㄟ\][ㄅㄨ ㄉㄨㄏ\]
[ㄥㄣˋ ㄅㄚㄙ\][ㄗㄤㄣ\]

租車24小時。

---

## Sewa sopir 12 jam.
[ㄙㄟ ㄨㄚ\][ㄙㄛ ㄅㄧθ\][ㄉㄨㄟ\][ㄅㄜˊ ㄌㄚㄙ\][ㄗㄤㄣ\]

租司機12小時。

---

## Sewa sopir 24 jam.
[ㄙㄟ ㄨㄚ\][ㄙㄛ ㄅㄧθ\][ㄉㄨㄟ\][ㄅㄨ ㄉㄨㄏ\]
[ㄥㄣˋ ㄅㄚㄙ\][ㄗㄤㄣ\]

租司機24小時。

---

## Berapa totalnya?
[ㄅㄜˊ ㄖㄚ ㄅㄚ\][ㄉㄛ ㄉㄚㄉㄨˋ ㄋㄧㄚˊ]

總共多少錢？

# 搭計程車
**Naik Taksi**

MP3-37

導遊教你說

## Mau ke mana?
[ㄇㄠˋ][ㄍㄜˊ][ㄇㄚˊ ㄋㄚˊ]
要去哪裡？

## Macet.
[ㄇㄚ ㄗㄟ˙ˋ]
塞車。

## Lewat tol.
[ㄌㄟ ㄨㄚ˙ˋ][ㄌㄛ˙ˋ]
走高速公路。

## Pakai argo atau carter?
[ㄅㄚ ㄍㄞˋ][ㄚ˙ˋ ㄍㄛˋ][ㄚ ㄉㄠˋ][ㄗㄚ˙ˋ ㄉㄜ˙ˊ]
用跳表或包車？

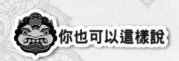
你也可以這樣說

**Ke Hotel Melati.**
[ㄍㄜˊ][ㄏㄛ ㄌㄝˋ][ㄇㄛˊ ㄌㄚ ㄌㄧˋ]
去茉莉花（Melati）飯店。

**Ke Bogor.**
[ㄍㄜˋ][ㄅㄛ ㄍㄛˋ]
去茂物。

**Ke Bandung.**
[ㄍㄜˊ][ㄅㄢˋ ㄉㄨㄥˋ]
去萬隆。

**Ke mall.**
[ㄍㄜˊ][mall]
去百貨公司。

**Ke bandara.**
[ㄍㄜˊ][ㄅㄢˋ ㄉㄚ ㄖㄚˋ]
去機場。

# 搭火車
## Naik Kereta Api

MP3-38

 導遊教你說

### Hampir terlambat.

[ㄏㄤㄣˋ ㄅㄧㄖˋ][ㄉㄜㄖˊ ㄌㄤㄣˋ ㄅㄚˋ]

差點遲到。

### Permisi.

[ㄅㄜㄖˊ ㄇㄧ ㄒㄧˋ]

借過。

### Kereta api sudah berangkat.

[ㄍㄜˊ ㄖㄝ ㄉㄚˋ][ㄚ ㄅㄧˋ][ㄙㄨ ㄉㄚˊˋ]
[ㄅㄜˊ ㄖㄤˋ ㄍㄚˋ]

火車已經出發了。

### Di mana tempat duduk saya?

[ㄉㄧˊ][ㄇㄚ ㄋㄚˋ][ㄉㄥㄣˋ ㄅㄚˋ][ㄉㄨ ㄉㄨㄎˋ]
[ㄙㄚ ㄧㄚˊ]

我的位置在哪裡？

**Dilarang merokok.**

[ㄅㄧˊ ㄉㄚ ㄖㄤˋ][ㄇㄜˊ ㄖㄛ ㄍㄛˋ]

禁止<u>抽煙</u>。

**Dilarang membuang sampah.**

[ㄅㄧˊ ㄉㄚ ㄖㄤˋ][ㄇㄥˋ ㄅㄨ ㄤˋ]

[ㄙㄤnˋ ㄅㄚˊ]

禁止<u>丟垃圾</u>。

**Dilarang parkir.**

[ㄅㄧˊ ㄉㄚ ㄖㄤˋ][ㄅㄚ◦ˋ ㄍㄧ◦ˋ]

禁止<u>停車</u>。

**Dilarang makan.**

[ㄅㄧˊ ㄉㄚ ㄖㄤˋ][ㄇㄚ ㄍㄢˋ]

禁止<u>飲食</u>。

**Dilarang foto.**

[ㄅㄧˊ ㄉㄚ ㄖㄤˋ][ㄈㄛ ㄉㄛˋ]

禁止<u>拍照</u>。

# 搭飛機
**Naik Pesawat**

`MP3-39`

**導遊教你說**

### Naik pesawat apa?
[ㄋㄚ ㄧ�209ˋ][ㄅㄜˊ ㄙㄚ ㄨㄚㄜˋ][ㄚ ㄅㄚˊ]

搭哪家航空呢？

### Tempat duduk saya dekat jendela.
[ㄉㄥㄇˋ ㄅㄚㄜˋ][ㄉㄨ ㄉㄨㄜˋ][ㄙㄚ ㄧㄚˋ]
[ㄉㄜ ㄍㄚㄜˋ][ㄗㄣˋ ㄉㄜ ㄉㄚˋ]

我坐靠窗的位子。

### Ini adalah penerbangan bebas asap rokok.
[ㄧ ㄋㄧˋ][ㄚ ㄉㄚ ㄉㄚㄏ]
[ㄅㄜˊ ㄋㄜ۰ˊ ㄅㄚ ㄥ](ㄅㄜ ㄅㄨㄙˋ][ㄚ ㄙㄚㄜˋ]
[ㄖㄛ ㄍㄛ۰ˋ]

這是不抽菸班機。

### Silakan ke ruang tunggu.
[ㄒㄧ ㄌㄚ ㄍㄢˋ][ㄍㄜˊ][ㄖㄨ ㄤˋ][ㄉㄨㄥˋ ㄍㄨˋ]

請到候機室。

你也可以這樣說

**Saya naik pesawat Garuda Indonesia.**

[ㄙㄚ ㄧㄚˋ][ㄋㄞ ㄧㄣˋ][ㄅㄜˊ ㄙㄚ ㄨㄚㄛˋ]
[ㄍㄚ ㄖㄨ ㄉㄚˋ][ㄧㄣˋ ㄉㄛ ㄋㄟˋ ㄒㄧㄚˋ]

我搭<u>印尼航空</u>。

**Saya naik pesawat Lion Air.**

[ㄙㄚ ㄧㄚˋ][ㄋㄞ ㄧㄣˋ][ㄅㄜˊ ㄙㄚ ㄨㄚㄛˋ][Lion Air].

我搭<u>獅子航空</u>。

CH
3

Transportasi 交通篇

**Saya naik pesawat Sriwijaya.**

[ㄙㄚ ㄧㄚˋ][ㄋㄞ ㄧㄣˋ][ㄅㄜˊ ㄙㄚ ㄨㄚㄛˋ]
[ㄙㄖㄧˋ ㄨㄧˋ ㄐㄚˋ ㄧㄚˋ]

我搭<u>三佛齊航空</u>。

**Saya naik pesawat Batik Air.**

[ㄙㄚ ㄧㄚˋ][ㄋㄞ ㄧㄣˋ][ㄅㄜˊ ㄙㄚ ㄨㄚㄛˋ]
[ㄅㄚ ㄉㄧㄣˋ][Air].

我搭<u>巴緹克航空</u>。

**Saya naik pesawat Citilink.**

[ㄙㄚ ㄧㄚˋ][ㄋㄞ ㄧㄣˋ][ㄅㄜˊ ㄙㄚ ㄨㄚㄛˋ]
[ㄒㄧ ㄉㄧ ㄉㄧㄥˋ]

我搭<u>連城航空</u>。

101

**Aku cinta Indonesia.**
[ㄚ ㄍㄨ\][ㄐㄧㄣˋ ㄊㄚˋ]
[ㄧㄣˋ ㄉㄛ ㄋㄟ ㄒㄧㄚˋ]
我愛印尼。

# CHAPTER 4

# Penginapan
## 住宿篇

# 訂房
## Reservasi

 導遊教你說

**Ada yang bisa kami bantu?**
[Y ㄉㄚˋ][一ㄤˋ][ㄅ一 ㄙㄚˋ][ㄍㄚ ㄇ一ˋ][ㄅㄢˋ ㄉㄨˊ]
有什麼事情我們可以幫忙的嗎？

**Atas nama siapa?**
[Y ㄉㄚㄥˋ][ㄋㄚ ㄇㄚˋ][ㄒ一 ㄚ ㄅㄚˊ]
（訂房人）貴姓大名？

**Dua hari satu malam.**
[ㄉㄨㄚˋ][ㄏㄚ ㄖ一ˋ][ㄙㄚ ㄉㄨˋ][ㄇㄚ ㄉㄤㄇˋ]
兩天一夜。

**Bayar tunai atau kartu kredit?**
[ㄅㄚ 一ㄚ˙][ㄉㄨ ㄋㄞˋ][ㄚ ㄉㄚㄨˋ][ㄍㄚ˙ ㄉㄨˋ]
[ㄍㄖㄝˋ ㄉㄧㄥˊ]
用現金或信用卡付費呢？

**Mau standard room.**

[ㄇㄠˋ][standard room]

要標準房。

**Mau executive room.**

[ㄇㄠˋ][executive room]

要行政房。

**Mau single room.**

[ㄇㄠˋ][single room]

要單人房。

**Mau twin room.**

[ㄇㄠˋ][twin room]

要雙床房。

**Mau double room.**

[ㄇㄠˋ][double room]

要雙人房。

導遊教你說

### Ini kunci kamar Anda.
[ー ㄋㄢˋ][ㄍㄨㄣˋ ㄐㄧ-][ㄍㄚ ㄇㄚ˳ˋ][ㄢˋ ㄉㄚˋ]

這是您的房間鑰匙。

### Kamar saya di lantai berapa?
[ㄍㄚ ㄇㄚ˳ˋ][ㄙㄚ ㄧㄚˋ][ㄉㄧ-ˊ][ㄉㄢˊ ㄉㄞˋ]
[ㄅㄜˊ ㄖㄚ ㄅㄚˊ]

我的房間在幾樓？

### Di mana lift?
[ㄅㄧ-ˊ][ㄇㄚ ㄋㄚˋ][ㄉㄧㄈㄜˊ]

電梯在哪裡？

### Saya mau ganti kamar.
[ㄙㄚ ㄧㄚˋ][ㄇㄠˋ][ㄍㄢˋ ㄉㄧ-ˋ][ㄍㄚ ㄇㄚ˳ˋ]

我要換房間。

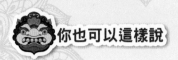

你也可以這樣說

**Maaf, lampu rusak.**
[ㄇㄚ ㄚㄈㄟˋ][ㄌㄤn ㄅㄨˇ][ㄖㄨ ㄙㄚㄅˋ]
抱歉，燈管壞掉。

**Maaf, AC rusak.**
[ㄇㄚ ㄚㄈㄟˋ][ㄚ ㄙㄟˋ][ㄖㄨ ㄙㄚㄅˋ]
抱歉，冷氣壞掉。

**Maaf, pengering rambut rusak.**
[ㄇㄚ ㄚㄈㄟˋ][ㄅㄜ ㄥㄜˊ ㄖ一ㄥˋ][ㄖㄤn ㄅㄨㄥˋ]
[ㄖㄨ ㄙㄚㄅˋ]
抱歉，吹風機壞掉。

**Maaf, telepon rusak.**
[ㄇㄚ ㄚㄈㄟˋ][ㄉㄜˊ ㄌㄜˊ ㄅㄜㄣˋ][ㄖㄨ ㄙㄚㄅˋ]
抱歉，電話壞掉。

**Maaf, televisi rusak.**
[ㄇㄚ ㄚㄈㄟˋ][ㄉㄜˊ ㄌㄜˊ ㄈ一 ㄒ一ˋ][ㄖㄨ ㄙㄚㄅˋ]
抱歉，電視壞掉。

# 飯店設備
**Fasilitas Hotel**

 導遊教你說

---

**Kolam renang buka jam berapa?**

[《ㄛ ㄌㄤ丶][ㄖㄜˊ ㄋㄤ丶][ㄅㄨ 《ㄚ丶][ㄗㄤ丶]
[ㄅㄜˊ ㄖㄚ ㄅㄚˊ]

游泳池幾點開？

---

**Mulai jam 7 pagi sampai jam 9 malam.**

[ㄇㄨˊ ㄌㄞ丶][ㄗㄤ丶][ㄉㄨ ㄗㄨ丶][ㄅㄚ 《一丶]
[ㄙㄤ丶 ㄅㄞ丶][ㄗㄤ丶][ㄙㄥ丶 ㄅㄧ ㄌㄞ丶]
[ㄇㄚ ㄌㄤ丶]

從上午7點到晚上9點。

---

**Berapa nomor pesawat restoran?**

[ㄅㄜˊ ㄖㄚ ㄅㄚ丶][ㄋㄛ ㄇㄛ₀丶][ㄅㄜ ㄙㄚ ㄨㄚ丶]
[ㄖㄝ丶 ㄉㄛˊ ㄖㄢˊ]

餐廳分機幾號？

---

**Tolong sambungkan ke room service.**

[ㄉㄛ ㄌㄨㄥ丶][ㄙㄤㄇ丶 ㄅㄨㄥ丶 《ㄢ丶][《ㄜˊ][room service]

請幫我轉接到客房服務。

### Kolam renang di lantai berapa?
[ㄍㄛ ㄌㄤ\][ㄖㄜ/ ㄋㄤ\][ㄅㄧ/][ㄌㄢ\ ㄉㄞ\]
[ㄅㄛ/ ㄖㄚ ㄅㄚ/]

游泳池在幾樓？

### Restoran di lantai berapa?
[ㄖㄝㄥ\ ㄉㄛ/ ㄖㄢ\][ㄅㄧ/][ㄌㄢ\ ㄉㄞ\]
[ㄅㄛ/ ㄖㄚ ㄅㄚ/]

餐廳在幾樓？

### Tempat pijat di lantai berapa?
[ㄉㄥ\ ㄅㄚ\][ㄅㄧ ㄗㄜ\][ㄅㄧ/][ㄌㄢ\ ㄉㄞ\]
[ㄅㄛ/ ㄖㄚ ㄅㄚ/]

按摩室在幾樓？

### Ruang fitnes di lantai berapa?
[ㄖㄨ ㄤ\][ㄈㄧㄥ\ ㄋㄜㄥ\][ㄅㄧ/][ㄌㄢ\ ㄉㄞ\]
[ㄅㄛ/ ㄖㄚ ㄅㄚ/]

健身房在幾樓？

### Laundry di lantai berapa?
[ㄌㄠㄣ\ ㄉㄖㄧ\][ㄅㄧ/][ㄌㄢ\ ㄉㄞ\][ㄅㄛ/ ㄖㄚ ㄅㄚ/]

洗衣房在幾樓？

# 客房服務
## Room Service

MP3-43

導遊教你說

### Tolong morning call jam 7.

[ㄉㄛ ㄉㄨㄥˋ][morning call][ㄗㄤ˙][ㄉㄨ ㄗㄨˋ]

請明天早上7點morning call。

### Tolong AC nya diperbaiki.

[ㄉㄛ ㄉㄨㄥˋ][Y ㄙㄟˋ ㄋㄧㄚˋ]

[ㄉㄧㄅ ㄅㄛ˙ˊ ㄅㄚ － ㄍㄧˋ]

請修理冷氣。

### Tolong ganti sprei.

[ㄉㄛ ㄉㄨㄥˋ][ㄍㄢˋ ㄉㄧˋ][ㄙㄈㄖㄟˋ]

請更換床單。

### Tolong dibersihkan.

[ㄉㄛ ㄉㄨㄥˋ][ㄉㄧ˙ˊ ㄅㄛ˙ˊ ㄒㄧ˙ˊ ㄍㄢˋ]

請整理房間。

**Tolong, handuk satu.**

[ㄉㄛ　ㄉㄨㄥˋ][ㄏㄢˇ　ㄉㄨㄅˋ][ㄙㄚ　ㄉㄨˋ]

請給我一條毛巾。

**Tolong, air mineral satu.**

[ㄉㄛ　ㄉㄨㄥˋ][ㄚ一ㄖˋ][ㄇ一ˊ　ㄋㄜˊ　ㄖㄚㄉˋ]

[ㄙㄚ　ㄉㄨˋ]

請給我一瓶礦泉水。

**Tolong, selimut satu.**

[ㄉㄛ　ㄉㄨㄥˋ][ㄙㄜˊ　ㄌ一　ㄇㄨㄜˋ][ㄙㄚ　ㄉㄨˋ]

請給我一條棉被。

**Tolong, bantal satu.**

[ㄉㄛ　ㄉㄨㄥˋ][ㄅㄢ　ㄉㄚㄉˋ][ㄙㄚ　ㄉㄨˋ]

一請給我個枕頭。

**Tolong, sikat gigi satu.**

[ㄉㄛ　ㄉㄨㄥˋ][ㄒ一　ㄍㄚㄜˋ][ㄍ一　ㄍ一ˋ][ㄙㄚ　ㄉㄨˋ]

請給我一條牙刷。

CHAPTER 5

# Restoran
# 餐廳篇

01 | Reservasi Restoran 餐廳訂位

02 | Memesan Makanan 點餐

03 | Meminta Bantuan 要求服務

導遊教你說

---

### Pesan tempat malam ini.
[ㄅㄜ ㄙㄢˋ][ㄉㄥˋ ㄅㄚㄥˋ][ㄇㄚ ㄌㄤㄣˋ][ㄧ ㄋㄧˋ]

要訂今晚的位子。

---

### Jam 7 malam.
[ㄗㄤㄣˋ][ㄉㄨ ㄗㄨㄟˊ][ㄇㄚ ㄌㄤㄣˋ]

晚上7點。

---

### Atas nama siapa?
[ㄚ ㄉㄚㄙˋ][ㄋㄚ ㄇㄚˋ][ㄒㄧ ㄚ ㄅㄚˊ]

（訂位人）貴姓大名？

---

### Untuk berapa orang?
[ㄨㄣˋ ㄉㄨㄎˋ][ㄅㄜˊ ㄖㄚ ㄅㄚˋ][ㄛ ㄖㄤˋ]

請問幾位？

---

114

**你也可以這樣說**

**Untuk 4 orang.**
[ㄨㄣˋ ㄉㄨㄣˋ][ㄥㄇˋ ㄍㄚㄥ][ㄛ ㄖㄤˋ]
4位。

**Untuk 2 orang.**
[ㄨㄣˋ ㄉㄨㄣˋ][ㄉㄨㄚˋ][ㄛ ㄖㄤˋ]
2位。

**Untuk 5 orang.**
[ㄨㄣˋ ㄉㄨㄣˋ][ㄉㄧ ㄇㄚˋ][ㄛ ㄖㄤˋ]
5位。

**Untuk 10 orang.**
[ㄨㄣˋ ㄉㄨㄣˋ][ㄙㄜ ㄅㄨ ㄉㄨㄏ][ㄛ ㄖㄤˋ]
10位。

**Untuk 8 orang.**
[ㄨㄣˋ ㄉㄨㄣˋ][ㄉㄜˊ ㄌㄚ ㄅㄢˋ][ㄛ ㄖㄤˋ]
8位。

# 02 點餐

## Memesan Makanan

MP3-45

### 導遊教你說

**Ada paket apa?**

[ㄚ　ㄉㄚ↘][ㄅㄚ　ㄍㄟㄊ↘][ㄚ　ㄅㄚ↗]

有哪些套餐？

**Apa menu favorit di sini?**

[ㄚ　ㄅㄚ↘][ㄇㄟ　ㄋㄨ↘][ㄈㄚ　ㄈㄛ　ㄖㄧㄊ↘][ㄉㄧ↗]
[ㄒㄧ　ㄋㄧ↗]

這裡的招牌菜是什麼呢？

**Anda mau pesan apa?**

[ㄢ↘　ㄉㄚ↘][ㄇㄠ↘][ㄅㄜ　ㄙㄢ↘][ㄚ　ㄅㄚ↗]

您要點什麼？

**Anda mau minum apa?**

[ㄢ↘　ㄉㄚ↘][ㄇㄠ↘][ㄇㄧ　ㄋㄨㄥㄇ↘][ㄚ　ㄅㄚ↗]

您要喝什麼？

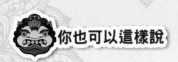 **你也可以這樣說**

**Ada rendang?**

[ㄚ ㄉㄚˋ][ㄖㄣˋ ㄉ�れˊ]

有<u>巴東牛肉</u>嗎？

**Ada gado-gado?**

[ㄚ ㄉㄚˋ][ㄍㄚ ㄉㄛ][ㄍㄚ ㄉㄛˊ]

有<u>蔬菜沙拉</u>嗎？

**Ada nasi goreng?**

[ㄚ ㄉㄚˋ][ㄋㄚ ㄒㄧ][ㄍㄛ ㄖㄥˊ]

有<u>炒飯</u>嗎？

**Ada sate?**

[ㄚ ㄉㄚˋ][ㄙㄚ ㄊㄝˊ]

有<u>沙嗲</u>嗎？

**Ada kelapa muda?**

[ㄚ ㄉㄚˋ][ㄍㄜˊ ㄉㄚ ㄅㄚˋ][ㄇㄨ ㄉㄚˊ]

有<u>嫩椰子</u>嗎？

# 要求服務
**Meminta Bantuan**

 導遊教你說

### Tolong nyalakan lilin, banyak lalat.

[ㄉㄛ ㄉㄨㄥˋ][ㄋ一ㄚˊ ㄌㄚ ㄍㄢˋ][ㄌ一 ㄌㄧㄣˋ],
[ㄅㄚ ㄋ一ㄚㄣˋ][ㄌㄚ ㄌㄚㄤˋ]

請點亮蠟燭，有很多蒼蠅。

### Tolong dibungkus.

[ㄉㄛ ㄉㄨㄥˋ][ㄉ一ˊ ㄅㄨㄥˋ ㄍㄨㄥˋ]

請打包。

### Jangan terlalu pedas.

[ㄗㄚ ㄥㄢˋ][ㄉㄜㄖˋ ㄌㄚ ㄉㄨˋ][ㄅㄜˊ ㄉㄚㄥˋ]

不要太辣。

### Bonnya, terima kasih.

[ㄅㄜㄣˋ ㄋ一ㄚˋ],[ㄉㄜˊ ㄖ一 ㄇㄚˋ][ㄍㄚ ㄒ一ˋ]

買單，謝謝。

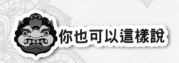

**Tolong tambahkan es.**

[ㄉㄜ ㄉㄨㄥˋ][ㄉㄤnˋ ㄅㄚˊ ㄍㄢˋ][ㄝㄥˋ]

請加冰塊。

**Tolong tambahkan air.**

[ㄉㄜ ㄉㄨㄥˋ][ㄉㄤnˋ ㄅㄚˊ ㄍㄢˋ][ㄚ一ㄖˋ]

請加水。

**Tolong tambahkan nasi.**

[ㄉㄜ ㄉㄨㄥˋ][ㄉㄤnˋ ㄅㄚˊ ㄍㄢˋ][ㄋㄚ ㄒ一ˋ]

請加飯。

**Tolong tambahkan sambal.**

[ㄉㄜ ㄉㄨㄥˋ][ㄉㄤnˋ ㄅㄚˊ ㄍㄢˋ]

[ㄙㄤnˋ ㄅㄚㄉ]

請加辣椒醬。

**Tolong tambahkan kursi.**

[ㄉㄜ ㄉㄨㄥˋ][ㄉㄤ∩ˋ ㄅㄚㄏˋ ㄍㄢˋ][ㄍㄨㄖˋ ㄒ一ˋ]

請加椅子。

**Enak sekali.**

[ㄝ ㄋㄚ˚ㄚㄟˋ]

[ㄙㄜˊ ㄍㄚ ㄌㄧㄚㄟˊ]

很好吃。

# CHAPTER 6

## Pariwisata
### 觀光篇

**導遊教你說**

### Jam berapa museum buka?
[ㄗㄤㄋ][ㄅㄜˊ ㄖㄚ ㄅㄟˋ][ㄇㄨˊ ㄙㄟˋ ㄨㄥˋ]
[ㄅㄨ ㄍㄚˊ]
博物館幾點開門？

### Mulai jam 9 pagi sampai jam 4 sore.
[ㄇㄨˊ ㄌㄞˋ][ㄗㄤㄋ][ㄙㄥㄋ ㄅㄧ ㄌㄞˋ][ㄅㄚ ㄍㄧˋ]
[ㄙㄤㄋ ㄅㄞˋ][ㄗㄤㄋ][ㄌㄣˋ ㄅㄚㄛ][ㄙㄛ ㄖㄟˋ]
從早上9點到下午4點。

### Berapa harga tiketnya?
[ㄅㄜˊ ㄖㄚ ㄅㄟˋ][ㄏㄚㄛˋ ㄍㄚˋ]
[ㄉㄧ ㄍㄟㄜˋ ㄋㄧㄚˊ]
門票多少錢呢？

### Apakah ada pemandu?
[ㄚˊ ㄅㄚ ㄍㄚㄣˋ][ㄚ ㄉㄚˋ][ㄅㄜˊ ㄇㄢˋ ㄉㄨˊ]
是否有導覽？

122

**你也可以這樣說**

**Dilarang makan.**
[ㄅㄧˊ ㄌㄚ ㄖㅊˋ][ㄇㄚ ㄍㄢˋ]
禁止<u>飲食</u>。

**Dilarang foto.**
[ㄅㄧˊ ㄌㄚ ㄖㅊˋ][ㄈㄛ ㄉㄛˋ]
禁止<u>拍照</u>。

**Dilarang masuk.**
[ㄅㄧˊ ㄌㄚ ㄖㅊˋ][ㄇㄚ ㄙㄨㄎˋ]
禁止<u>進入</u>。

**Dilarang berhenti.**
[ㄅㄧˊ ㄌㄚ ㄖㅊˋ][ㄅㄜ˙ˋ ㄏㄣˋ ㄉㄧˋ]
禁止<u>停車</u>。

**Dilarang duduk.**
[ㄅㄧˊ ㄌㄚ ㄖㅊˋ][ㄉㄨ ㄉㄨㄎˋ]
禁止<u>坐著</u>。

# 在烏布
### Di Ubud

 導遊教你說

---

**Apakah ada Tari Kecak malam ini?**

[ㄚ ㄅㄚ ㄍㄚˊㄟ][ㄚ ㄉㄚˋ][ㄍㄚ ㄖ一ㄟ][ㄍㄜ ㄗㄚˋ]
[ㄇㄚ ㄌㄤㄇ][一 ㄋ一ˊ]

今晚有克差（**Kecak**）舞蹈表演嗎？

---

**Ayo nonton Tari Legong di Puri Ubud!**

[ㄚ 一ㄛˋ][ㄋㄛㄣˋ ㄉㄛㄣˋ][ㄉㄚ ㄖ一ˋ][ㄌㄟ ㄍㄨㄥˋ]
[ㄉ一ˊ][ㄅㄨ ㄖ一ˋ][ㄨ ㄅㄨㄉˋ]

到烏布皇宮看雷貢（**Legong**）舞吧！

---

**Berapa harga lukisan ini?**

[ㄅㄜˊ ㄖㄚ ㄅㄚˋ][ㄏㄚˋ ㄍㄚˋ][ㄌㄨ ㄍ一 ㄙㄢˋ]
[一 ㄋ一ˊ]

這幅畫多少錢？

---

**Jangan lupa ditawar.**

[ㄗㄚ ㄥㄢˋ][ㄌㄨ ㄅㄚˋ][ㄉ一ˊ ㄉㄚ ㄨㄚㄖˋ]

別忘了討價還價。

---

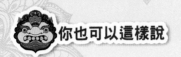
你也可以這樣說

## Di mana Pasar Seni Ubud?
[ㄉㄧˊ][ㄇㄚ ㄋㄚˋ][ㄅㄚ ㄙㄚₒ][ㄙㄜˊ ㄋㄧˋ][ㄨ ㄅㄨㄥˊ]

烏布市場在哪裡？

## Di mana Sungai Ayung?
[ㄉㄧˊ][ㄇㄚ ㄋㄚˋ][ㄙㄨ ㄥㄞˋ][ㄚ ㄩㄥˊ]

阿勇河在哪裡？

## Di mana Monkey Forest?
[ㄉㄧˊ][ㄇㄚ ㄋㄚˋ][Monkey Forestˊ]

猴子森林在哪裡？

## Di mana Museum Agung Rai?
[ㄉㄧˊ][ㄇㄚ ㄋㄚˋ][ㄇㄨˊ ㄙㄟ ㄨㄥˋ]
[ㄚ ㄍㄨㄥˋ][ㄖㄞˊ]

阿貢拉伊藝術博物館在哪裡？

## Di mana Gua Gajah?
[ㄉㄧˊ][ㄇㄚ ㄋㄚˋ][ㄍㄨㄚ][ㄍㄚ ㄐㄚㄏˊ]

象洞在哪裡？

 **導遊教你說**

**Pemandangannya indah sekali.**
[ㄅㄜˊ ㄇㄢˊ ㄉㄚˊ ㄥㄢˋ ㄋㄧㄚˋ]
[ㄧㄣˊ ㄉㄚˋ][ㄙㄜˊ ㄍㄚ ㄉㄧˋ]
風景好美。

**Ayo lihat matahari terbenam!**
[ㄚ ㄧㄛˋ][ㄉㄧ ㄏㄚˋ][ㄇㄚˊ ㄉㄚˊ ㄏㄚ ㄖㄧˋ]
[ㄉㄜ◦ˊ ㄅㄜˊ ㄋㄤˋ]
來看日落吧！

**Di mana ular suci?**
[ㄉㄧˊ][ㄇㄚ ㄋㄚˋ][ㄨ ㄉㄚ◦ˋ][ㄙㄨ ㄐㄧˊ]
聖蛇在哪裡？

**Mari foto di sini.**
[ㄇㄚ ㄖㄧ◦ˋ][ㄈㄛ ㄉㄛˋ][ㄉㄧˊ][ㄒㄧ ㄋㄧˋ]
來在這裡拍照。

你也可以這樣說

**Boleh tolong foto?**
[ㄅㄛ ㄌㄝ˙][ㄉㄛ ㄌㄨㄥˋ][ㄈㄛ ㄉㄛˊ]

可以幫忙<u>拍照</u>嗎？

**Boleh tolong dijelaskan?**
[ㄅㄛ ㄌㄝ˙][ㄉㄛ ㄌㄨㄥˋ]
[ㄉ一ˊ ㄓㄜˊ ㄌㄚˋ ㄍㄢˊ]

可以幫忙<u>說明</u>嗎？

**Boleh tolong ditulis di sini?**
[ㄅㄛ ㄌㄝˋ][ㄉㄛ ㄌㄨㄥˋ][ㄉ一ˊ ㄉㄨ ㄌㄧㄙ]
[ㄉ一ˊ][ㄒ一 ㄋ一ˊ]

可以幫忙<u>寫在這裡</u>嗎？

**Boleh tolong diantar ke sana?**
[ㄅㄛ ㄌㄝ˙][ㄉㄛ ㄌㄨㄥˋ][ㄉ一ˊ ㄢˋ ㄉㄚˋ]
[ㄍㄜˊ][ㄙㄚ ㄋㄚˊ]

可以幫忙<u>送到那裡</u>嗎？

**Boleh tolong dijemput?**
[ㄅㄛ ㄌㄝ˙][ㄉㄛ ㄌㄨㄥˋ][ㄉ一ˊ ㄓㄣˋ ㄅㄨㄥˊ]

可以幫忙<u>接人</u>嗎？

# 在日惹
**Di Yogyakarta**

MP3-50

導遊教你說

## Bagaimana cara ke Candi Borobudur?
[ㄅㄚˊ ㄍㄞˊ ㄇㄚ ㄋㄚˇ][ㄚˊ ㄖㄚˊ][ㄍㄜˊ]
[ㄗㄢˋ ㄉㄧˉ][ㄅㄜˊ ㄖㄜˊ ㄅㄨ ㄉㄨˇ]
如何去婆羅浮屠？

## Hati-hati copet.
[ㄏㄚˊ ㄉㄧˉ][ㄏㄚˊ ㄉㄧˉ][ㄗㄜ ㄅㄝˋ]
小心扒手。

## Candi Prambanan dekat Bandara
## Adi Sucipto.
[ㄗㄢˋ ㄉㄧˉ][ㄅㄖㄤˋ ㄅㄚ ㄋㄢˋ][ㄉㄜˊ ㄍㄚˋ]
[ㄅㄢˊ ㄉㄚ ㄖㄚˇ][ㄚ ㄉㄧˉ][ㄙㄨ ㄐㄧˋ ㄉㄜˇ]
普蘭巴南寺靠近阿迪蘇西普托機場。

## Beli barang kerajinan di Malioboro.
[ㄅㄜˊ ㄉㄧˉ][ㄅㄚ ㄖㄤˋ][ㄍㄜˊ ㄖㄚ ㄐㄧ ㄋㄢˇ]
[ㄉㄧˊ][ㄇㄚ ㄉㄧ ㄛˊ ㄛˇ ㄖㄛˋ]
在瑪麗奧勃洛（Malioboro）買手工藝品。

 **你也可以這樣說**

---

**Keliling Yogya dengan taksi.**

[ㄍㄜˊ ㄌㄧ ㄌㄧㄥˋ][ㄧㄛㄍ丂ˋ ㄧㄚˋ][ㄉㄜㄥˊ ㄥㄢˋ]
[ㄉㄚㄍˋ ㄒㄧˋ]

坐<u>計程車</u>逛日惹。

---

**Keliling Yogya dengan becak.**

[ㄍㄜˊ ㄌㄧ ㄌㄧㄥˋ][ㄧㄛㄍ丂ˋ ㄧㄚˋ][ㄉㄜㄥˊ ㄥㄢˋ]
[ㄅㄟˋ ㄗㄚㄍˋ]

坐<u>三輪車</u>逛日惹。

---

**Keliling Yogya dengan dokar.**

[ㄍㄜˊ ㄌㄧ ㄌㄧㄥˋ][ㄧㄛㄍ丂ˋ ㄧㄚˋ][ㄉㄜㄥˊ ㄥㄢˋ]
[ㄉㄛ ㄍㄚㄍˋ]

坐<u>馬車</u>逛日惹。

---

**Keliling Yogya dengan bis kota.**

[ㄍㄜˊ ㄌㄧ ㄌㄧㄥˋ][ㄧㄛㄍ丂ˋ ㄧㄚˋ][ㄉㄜㄥˊ ㄥㄢˋ]
[ㄅㄧㄥˋ][ㄍㄛ ㄉㄚˋ]

坐<u>公車</u>逛日惹。

---

**Keliling Yogya dengan sewa motor.**

[ㄍㄜˊ ㄌㄧ ㄌㄧㄥˋ][ㄧㄛㄍ丂ˋ ㄧㄚˋ][ㄉㄜㄥˊ ㄥㄢˋ]
[ㄙㄟˋ ㄨㄚˋ][ㄇㄛ ㄉㄛㄍˋ]

<u>租機車</u>逛日惹。

# 在婆羅摩火山
## Di Gunung Bromo

MP3-51

 導遊教你說

**Melihat matahari terbit.**

[ㄇㄜˊ ㄌㄧ- 「ㄚ๙][ㄇㄚˊ ㄊㄚˊ 「ㄚ ㄖㄧ๙]
[ㄉㄜㄖˊ ㄅㄧㄥ๙]

看日出。

**Mendaki ke puncak gunung.**

[ㄇㄣˊ ㄉㄚ 《ㄧ-][《ㄜˊ][ㄅㄨㄣˋ ㄗㄚㄣˋ]
[《ㄨ ㄋㄨㄥˋ]

爬到山頂。

**Cuaca dingin sekali.**

[ㄗㄨ ㄚ ㄗㄚˋ][ㄉㄧ- ㄥㄥ๙][ㄙㄜˊ 《ㄚ ㄌㄧˋ]

氣候很冷。

**Kita boleh menyewa kuda.**

[《ㄧ- ㄉㄚ๙][ㄅㄛ ㄌㄝㄟˊ][ㄇㄜˊ ㄋㄧㄝ๙ ㄨㄚˋ]
[《ㄨ ㄉㄚˋ]

我們可以租馬。

**Jangan lupa bawa jaket tebal.**

[ㄐㄚ ㄥㄢˋ][ㄌㄨ ㄅㄟˋ][ㄅㄚ ㄨㄚˋ][ㄐㄚ ㄍㄟˋ]
[ㄉㄜˊ ㄅㄚˇ]

別忘了帶厚外套。

**Jangan lupa bawa uang tunai.**

[ㄐㄚ ㄥㄢˋ][ㄌㄨ ㄅㄟˋ][ㄅㄚ ㄨㄚˋ][ㄨㄤˋ][ㄉㄨ ㄋㄞˋ]

別忘了帶現金。

**Jangan lupa bawa snack.**

[ㄐㄚ ㄥㄢˋ][ㄌㄨ ㄅㄟˋ][ㄅㄚ ㄨㄚˋ][snack]

別忘了帶零食。

**Jangan lupa bawa masker.**

[ㄐㄚ ㄥㄢˋ][ㄌㄨ ㄅㄟˋ][ㄅㄚ ㄨㄚˋ][ㄇㄚㄥˋ ㄍㄜˋ]

別忘了帶口罩。

**Jangan lupa pesan mobil jeep.**

[ㄐㄚ ㄥㄢˋ][ㄅㄛˊ ㄙㄢˋ][ㄇㄛ ㄅㄧˋ][ㄐㄧ ㄡˋ]
[ㄐㄧˋ]

別忘了預約吉普車。

Ayo foto di sini!

[ㄚ —ㄛˋ][ㄈㄛ ㄉㄛˋ]
[ㄉ—ˊ][ㄒ— ㄋ—ˊ]

來！在這裡拍照。

## CHAPTER 7

# Berbelanja
# 購物篇

# 尋找商品
## Mencari Barang

`MP3-52`

## 導遊教你說

### Ada ukuran saya?
[ㄚ ㄉㄚˋ][ㄨ ㄍㄨ ㄖㄢˋ][ㄙㄚ ㄧㄚˊ]
有我的尺寸嗎？

### Antriannya terlalu panjang.
[ㄢˊ ₂ㄖㄧ一ˋ ㄋㄚˋ ㄋㄧㄚˋ][ㄉㄜ₀ˋ ㄌㄚ ㄌㄨˋ]
[ㄅㄢˋ ㄗㄤˋ]
隊伍排太長了。

### Terima kasih atas bantuan Anda.
[ㄉㄜˊ ㄖㄧ ㄇㄚˋ][ㄍㄚ ㄒㄧㄏˋ][ㄚ ㄉㄚㄙˋ]
[ㄅㄢˊ ㄉㄨ ㄢˋ][ㄢˋ ㄉㄚˋ]
謝謝您的幫忙。

### Boleh saya coba?
[ㄅㄛ ㄉㄝㄏˋ][ㄙㄚ 一ㄚˋ][ㄗㄛ ㄅㄚˊ]
我可以試穿嗎？

134

## 你也可以這樣說

**Ada yang biru?**

[丫 ㄉㄚˋ][一ㄤˋ][ㄅ一 ㄖㄨˊ]

有<u>藍色</u>的嗎？

**Ada yang tebal?**

[丫 ㄉㄚˋ][一ㄤˋ][ㄉㄜˊ ㄅㄚˋ]

有<u>厚</u>的嗎？

**Ada yang tipis?**

[丫 ㄉㄚˋ][一ㄤˋ][ㄉ一 ㄅ一ㄥˊ]

有<u>薄</u>的嗎？

**Ada yang panjang?**

[丫 ㄉㄚˋ][一ㄤˋ][ㄅㄢˋ ㄗㄤˊ]

有<u>長</u>的嗎？

**Ada yang pendek?**

[丫 ㄉㄚˋ][一ㄤˋ][ㄅㄝㄣˋ ㄉㄝㄉˋ]

有<u>短</u>的嗎？

# 減價促銷
**Diskon**

MP3-53

導遊教你說

## Silakan bayar ke kasir.
[ㄒㄧ ㄌㄚ ㄍㄢ↘][ㄅㄚ ㄧㄚ◦↘][ㄍㄜ↗][ㄍㄚ ㄒㄧ◦↘]
請到櫃台付錢。

## Ada potongan 10% (persen).
[ㄚ ㄉㄚ↘][ㄅㄛ ㄉㄛ ㄥㄜ↘][ㄙㄜ↗ ㄅㄨ ㄉㄨ↘]
[ㄅㄜ◦↗ ㄙㄣ↘]
有打9折。

## Tidak ada uang kecil.
[ㄉㄧ ㄉㄚㄎ↘][ㄚ ㄉㄚ↘][ㄨ ㄤ↘][ㄍㄜ↗ ㄐㄧㄦ↘]
沒有零錢。

## Beli satu gratis satu.
[ㄅㄜ↗ ㄌㄧ↘][ㄙㄚ ㄉㄨ↘][ㄖㄚ◦↘ ㄉㄧㄥ↘][ㄙㄚ ㄉㄨ↘]
買一送一。

**Mahal sekali.**

[ㄇㄚ ㄏㄚ\][ㄙㄜˊ ㄍㄚ ㄌㄧ\]

好貴。

---

**Murah sekali.**

[ㄇㄨ ㄖㄚ\][ㄙㄜˊ ㄍㄚ ㄌㄧ\]

好便宜。

---

**Bagus sekali.**

[ㄅㄚ ㄍㄨㄥ\][ㄙㄜˊ ㄍㄚ ㄌㄧ\]

好漂亮。

---

**Besar sekali.**

[ㄅㄜˊ ㄙㄚㄖ\][ㄙㄜˊ ㄍㄚ ㄌㄧ\]

好大。

---

**Kecil sekali.**

[ㄍㄜˊ ㄐㄧㄌ\][ㄙㄜˊ ㄍㄚ ㄌㄧ\]

好小。

# 更換商品
**Tukar Barang**

MP3-54

 導遊教你說

---

### Saya mau tukar barang.
[ㄙㄚ ㄧㄚˋ][ㄇㄠˋ][ㄉㄨ ㄍㄚˋ][ㄅㄚ ㄖㄤˋ]
我要更換商品。

---

### Maaf, kembaliannya kurang.
[ㄇㄚ ㄚㄈˋ][ㄍㄥˋ ㄅㄚ ㄌㄧˊ ㄋㄟˋ ㄋㄧㄚˋ]
[ㄍㄨ ㄖㄤˋ]
不好意思，錢少找了。

---

### Tidak kembali uang.
[ㄉㄧ ㄉㄚˋ][ㄍㄥˋ ㄅㄚ ㄌㄧˋ][ㄨ ㄤˋ]
沒有退錢。

---

### Ada yang bisa dibantu?
[ㄚ ㄉㄚˋ][ㄧㄤˋ][ㄅㄧ ㄙㄚˋ][ㄅㄧˊ ㄅㄢˋ ㄉㄨˊ]
我可以幫忙嗎？

你也可以這樣說

**Tukar yang agak besar.**
[ㄉㄨ ㄍㄚˋ][ㄧㄤˋ][ㄚ ㄍㄚˋ][ㄅㄜˊ ㄙㄚˋ]
更換成**大一點**的。

**Tukar yang agak kecil.**
[ㄉㄨ ㄍㄚˋ][ㄧㄤˋ][ㄚ ㄍㄚˋ][ㄍㄜ ㄐㄧˊㄦ]
更換成**小一點**的。

**Tukar yang warna biru.**
[ㄉㄨ ㄍㄚˋ][ㄧㄤˋ][ㄨㄚˋ ㄋㄚˋ][ㄅㄧ ㄖㄨˋ]
更換成**藍色**的。

**Tukar yang warna putih.**
[ㄉㄨ ㄍㄚˋ][ㄧㄤˋ][ㄨㄚˋ ㄋㄚˋ][ㄅㄨ ㄉㄧˊㄦ]
更換成**白色**的。

**Tukar yang model ini.**
[ㄉㄨ ㄍㄚˋ][ㄧㄤˋ][ㄇㄛ ㄉㄜㄌˋ][ㄧ ㄋㄧˋ]
更換成**這個款式**的。

**Berapa harganya?**

[ㄅㄜˊ ㄖㄚ ㄅㄚˋ]
[ㄏㄚㄖㄢˋ ㄍㄚˋ ㄋㄧㄚˊ]

這多少錢？

# CHAPTER 8

# Menghadapi Kesulitan

困擾篇

 導遊教你說

---

**Saya mau lapor polisi.**

[ㄙㄚ ㄧㄚˋ][ㄇㄠˋ][ㄌㄚ ㄅㄛˋ][ㄅㄛˊ ㄌㄧ ㄒㄧˋ]

我要報警。

---

**Di dalamnya ada kamera.**

[ㄅㄧˊ][ㄉㄚ ㄌㄤˋ ㄋㄧㄚˋ][ㄚ ㄉㄚˋ][ㄍㄚˊ ㄇㄝ ㄖㄚˋ]

裡面有照相機。

---

**Tolong hubungi saya segera.**

[ㄉㄛ ㄌㄨㄥˋ][ㄏㄨ ㄅㄨ ㄥㄧˋ][ㄙㄚ ㄧㄚˋ]
[ㄙㄜˊ ㄍㄜ ㄖㄚˋ]

請儘快跟我聯絡。

---

**Ini nomor telepon saya.**

[ㄧ ㄋㄧˋ][ㄋㄛ ㄇㄛˋ][ㄌㄜˊ ㄌㄜ ㄅㄛㄣˋ]
[ㄙㄚ ㄧㄚˋ]

這是我的電話號碼。

---

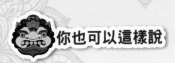 你也可以這樣說

**Dompetku hilang.**

[ㄉㄨㄥㄇ丶 ㄅㄜㄅ丶 ㄍㄨ丶][ㄏㄧ ㄌㄤ丶]

我的**錢包**丟了。

**Kameraku hilang.**

[ㄍㄚˊ ㄇㄝˊ ㄖㄚ丶 ㄍㄨ丶][ㄏㄧ ㄌㄤ丶]

我的**照相機**丟了。

**Kacamataku hilang.**

[ㄍㄚ ㄗㄚ ㄇㄚˊ ㄉㄚ丶 ㄍㄨ丶][ㄏㄧ ㄌㄤ丶]

我的**眼鏡**丟了。

**Jaketku hilang.**

[ㄗㄚ ㄍㄝㄅ丶 ㄍㄨ丶][ㄏㄧ ㄌㄤ丶]

我的**外套**丟了。

**Anakku hilang.**

[ㄚ ㄋㄚㄎㄦ丶 ㄍㄨ丶][ㄏㄧ ㄌㄤ丶]

我的**小孩**丟了。

# 迷路
**Tersesat**

MP3-56

導遊教你說

## Ini di mana?
[一 ㄋㄧˋ][ㄉㄧ一ˊ][ㄇㄚ ㄋㄚˊ]
這是哪裡？

## Bagaimana cara ke sana?
[ㄅㄚ ㄍㄞˋ ㄇㄚ ㄋㄚˋ][ㄗㄚ ㄖㄚˋ][ㄍㄜˊ][ㄙㄚ ㄋㄚˊ]
如何到那裡？

## Lurus ke depan, lalu belok kanan.
[ㄌㄨ ㄖㄨㄥˋ][ㄍㄜˊ][ㄉㄜㄥˊ ㄅㄢˋ],
[ㄌㄚ ㄌㄨˋ][ㄅㄝ ㄌㄛㄅˋ][ㄍㄚ ㄋㄢˋ]
直走，再右轉。

## Kantor polisi ada di sebelah toko roti.
[ㄍㄢˋ ㄉㄛㄇˋ][ㄅㄛˊ ㄌㄧ ㄒㄧˋ][ㄚ ㄉㄚˋ][ㄉㄧˊ]
[ㄙㄜˊ ㄅㄜ ㄌㄚ˙][ㄉㄛ ㄍㄜˋ][ㄖㄛ ㄉㄧˋ]
警察局在麵包店的旁邊。

**Di mana kantor polisi?**

[ㄉㄧˊ][ㄇㄚ ㄋㄚˋ][ㄍㄢ ㄉㄛ˙ㄥˋ][ㄅㄛˊ ㄌㄧ ㄒㄧˊ]

警察局在哪裡？

**Di mana rumah sakit?**

[ㄉㄧˊ][ㄇㄚ ㄋㄚˋ][ㄖㄨ ㄇㄚˋ][ㄙㄚˋ ㄍㄧㄜˋ]

醫院在哪裡？

**Di mana hotel Laguna?**

[ㄉㄧˊ][ㄇㄚ ㄋㄚˋ][ㄏㄛ ㄉㄝ˙ㄥ][ㄌㄚˊ ㄍㄨ ㄋㄚˊ]

拉古拿（Laguna）飯店在哪裡？

**Di mana pintu keluar?**

[ㄉㄧˊ][ㄇㄚ ㄋㄚˋ][ㄅㄧㄣˋ ㄉㄨㄟˋ][ㄍㄜˊ ㄌㄨ ㄚ˙ㄥˊ]

出口在哪裡？

**Di mana pusat informasi?**

[ㄉㄧˊ][ㄇㄚ ㄋㄚˋ][ㄆㄨ ㄙㄜˋㄥˋ][ㄧˊㄣˊ ㄈㄛ˙ㄇˊ ㄇㄚ ㄒㄧˊ]

詢問處在哪裡？

導遊教你說

### Saya demam.
[ㄙㄚ ㄧㄚˋ][ㄉㄜˊ ㄇㄤˋ]
我發燒。

### Harus disuntik.
[ㄏㄚ ㄖㄨㄣˋ][ㄉㄧˊ ㄙㄨㄣˋ ㄉㄧㄎˋ]
必須打針。

### Silakan minum obat ini.
[ㄒㄧ ㄌㄚ ㄍㄢˋ][ㄇㄧ ㄋㄨㄥˋ][ㄛ ㄅㄚㄊˋ][ㄧ ㄋㄧˋ]
請吃這些藥。

### Ada alergi?
[ㄚ ㄉㄚˋ][ㄚ ㄌㄜㄖˋ ㄍㄧˊ]
有過敏嗎？

**Sakit kepala.**
[ㄙㄚ ㄍㄧ-ㄜˋ][ㄍㄜ ㄅㄚ ㄌㄚˋ]
頭痛。

**Sakit tenggorokan.**
[ㄙㄚ ㄍㄧ-ㄜˋ][ㄉㄥˊ ㄍㄜ ㄖㄛ ㄍㄢˋ]
喉嚨痛。

**Sakit perut.**
[ㄙㄚ ㄍㄧ-ㄜˋ][ㄅㄜˊ ㄖㄨㄜˋ]
肚子痛。

**Sakit gigi.**
[ㄙㄚ ㄍㄧ-ㄜˋ][ㄍㄧ ㄍㄧˋ]
牙齒痛。

**Sakit pinggang.**
[ㄙㄚ ㄍㄧ-ㄜˋ][ㄅㄧㄥˋ ㄍㄤˋ]
腰痛。

 導遊教你說

## Ditabrak di jalan.

[ㄉㄧˊ ㄉㄚˋ ㄖㄚㄅˋ][ㄉㄧˊ][ㄗㄚ ㄉㄢˋ]

在路上被撞了。

## Kaki saya berdarah.

[ㄍㄚ ㄍㄧˋ][ㄙㄚ ㄧˋ][ㄅㄜㄖˋ ㄉㄚ ㄖㄚˊ]

我的腳流血。

## Tidak bisa berdiri.

[ㄉㄧ ㄉㄚㄅˋ][ㄅㄧ ㄙㄚˋ][ㄅㄜㄖˊ ㄉㄧ ㄖㄧˋ]

不能站起來。

## Anda tidak apa-apa?

[ㄢˋ ㄉㄚˋ][ㄉㄧ ㄉㄚㄅˋ][ㄚ ㄅㄚˋ][ㄚ ㄅㄚˊ]

您沒事嗎？

你也可以這樣說

**Tolong panggil ambulance.**
[ㄉㄛ ㄌㄨㄥˋ][ㄅㄤˋ ㄍㄧ-ㄦˋ][ㄤㄇ ㄅㄨ ㄌㄢˋ]
請幫忙叫救護車。

**Tolong terjemah.**
[ㄉㄛ ㄌㄨㄥˋ][ㄉㄜˋ ㄗㄜ ㄇㄚˊˋ]
請幫忙翻譯。

**Tolong telepon polisi.**
[ㄉㄛ ㄌㄨㄥˋ][ㄉㄜˊ ㄌㄜ ㄅㄛㄣˋ][ㄅㄛˊ ㄌㄧ ㄒㄧˋ]
請幫忙打電話給警察。

**Tolong bantu sebentar.**
[ㄉㄛ ㄌㄨㄥˋ][ㄅㄢˋ ㄉㄨˋ][ㄙㄜˊ ㄅㄣˋ ㄉㄚˋ]
請幫忙一下。

**Tolong jadi saksi.**
[ㄉㄛ ㄌㄨㄥˋ][ㄐㄚ ㄌㄧˋ][ㄙㄚㄣˋ ㄒㄧˋ]
請當證人。

# PART 3
# 導遊為你
# 準備的
# 旅遊指南

# 認識印尼
## Mengenal Indonesia

印度尼西亞共和國（RI）俗稱「印尼」，是東南亞地區最大的國家。印尼由約17,508個島嶼所組成，其中較大的島嶼有蘇門答臘島（Sumatra）、婆羅洲（Borneo；在印尼稱為「加里曼丹島」〔Kalimantan〕，島上有部分地區屬「馬來西亞」及「汶萊」）、蘇拉威西島（Sulawesi）、爪哇島（Jawa）及新幾內亞島（New Guinea或Irian Jaya；新幾內亞島島上有部分地區屬「巴布亞紐幾內亞」）。

印尼首都是位於爪哇島上的雅加達（Jakarta），為印尼最大城市，其他主要城市有泗水（Surabaya）、棉蘭（Medan）、萬隆（Bandung）、望加錫（Makassar）及三寶壟（Semarang）。

印尼地處赤道周邊，屬熱帶性氣候，因季風而分為乾季和雨季，日均溫度處於26至30℃。

印尼官方語言為印尼語（Bahasa Indonesia）。學校內廣泛教授印尼語，因此在商業、政治、國家媒體、教育及學術等各方面，幾乎所有印尼人能說印尼語。

印尼無國教，但規定不可以持無神論，一定要有信仰宗教，印尼建國五項原則──「潘查希拉」（Pancasila）的第一條，就是信仰最高真主（Ketuhanan Yang Maha Esa）。雖然印尼憲法明定宗教自由，但政府僅承認5種宗教：伊斯蘭教、基督教、天主教、印度教及佛教。

印尼貨幣是印尼盧比（Rupiah；又稱為「印尼盾」），貨幣代碼為IDR。

# 印尼地圖＋10大城市

## Indonesia + 10 Kota Besar di Indonesia

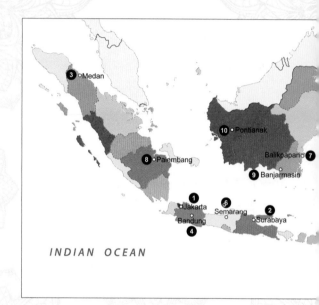

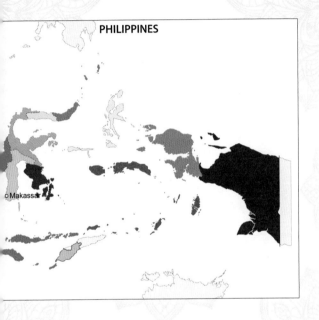

PHILIPPINES

o Makassar

## 1 雅加達（Jakarta；大榴槤）

雅加達是印尼的首都，也是印尼最大、最先進城市，大約有900萬以上的人口。

在國際上，雅加達綽號為「大榴蓮」（如紐約綽號為「大蘋果」），因為在這裡幾乎可以看到所有的民族和文化。

雅加達有一個最有名的地標，就是國家紀念碑「莫納斯」（Monas），另外還有東南亞最大、也是世界第四大的清真寺，即「伊斯蒂克拉爾清真寺」（Masjid Istiqlal；有「獨立」的意思）。

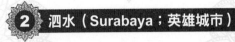

## 2 泗水（Surabaya；英雄城市）

泗水是東爪哇省的首府，人口超過310萬人。為了紀念英雄們為國犧牲，因此在這座城市裡建有一座「英雄豐碑」（Tugu Pahlawan），所以泗水也被稱為「英雄城市」。泗水另外一個知名地標是「蘇臘馬都大橋」（Jembatan Suramadu），這座橋連接了泗水和馬都拉島，是印尼最長的大橋。

## 3 棉蘭（Medan）

棉蘭是北蘇門答臘省的首府，人口超過2萬人。棉蘭的榴槤是全印尼最有名的。棉蘭的地標有「棉蘭大清真寺」（Masjid Raya Medan）和「日里蘇丹皇宮」（Istana Maimun）。

**4** 萬隆（Bandung；巴黎凡華）

萬隆是西爪哇省的首府，離雅加達大約
150公里，有超過860萬的人口。由於氣候涼
爽加上四面環山，使得萬隆成為旅遊勝地之
一。

萬隆也被稱為「巴黎凡華」（Paris van
Java），因為萬隆市代表著印尼的時尚，在
這裡可以看到很多服飾店。除了時尚之外，
許多著名的藝人、藝術家以及音樂人都來自
這個城市。

**5** 望加錫（Makassar；印尼東部最大城市）

望加錫是南蘇拉威西省的首府，也是印
尼東部最大的城市，同時還是印尼東部物流
的主要港口。望加錫最著名的商船叫「比尼
絲船」（Perahu Pinisi）。而最有名的旅遊
景點、也成為望加錫地標的，是位於市中

心的「洛薩里海灘」（Pantai Losari），這裡每天有許多人坐在海灘享受日落和當地美食，整個海灘排滿了小攤位，成為世界最長的餐廳。

## ⑥ 三寶壟（Semarang；中爪哇最大的城市）

三寶壟是中爪哇省的首府，有超過150萬的人口。這裡有一座建築美麗的大清真寺，即「三寶壟大清真寺」（Masjid Agung Semarang）。除了美麗的清真寺之外，三寶壟也保留下了很多殖民時代的遺物，如「千門屋」（Lawang Sewu）是世界知名的鬼屋，因為當年日軍曾在此拷打、處決戰俘，所以被歐美媒體及網站列為全球最恐怖的鬼屋之一。

**7** 巴厘巴板（Balikpapan；印尼石油城市）

巴厘巴板是東加里曼丹省最大的城市，總人口約55萬人。巴厘巴板之所以成為印尼重要的城市之一，是因為這裡產石油和煤炭，所以這裡也是全印尼最高收入的城市。

**8** 巨港（Palembang；The Land of Sriwijaya；三佛齊之地）

巨港是南蘇門答臘省首府，人口超過140萬人。這裡有跨越穆西河（Sungai Musi）的「安培拉大橋」（Jembatan Ampera），除此之外，穆西河（Sungai Musi）更是蘇門答臘島最長的河，長達750公里，成為巨港的大地標。

**9** 馬辰（Banjarmasin；千河城市）

馬辰是南加里曼丹省的首府，人口約60萬人。馬辰市的綽號是「千河城市」，由於有許多河流穿越城市，使得馬辰市最著名的景點就是水上市場，它同時也是全印尼最大的水上市場。

**10** 坤甸（Pontianak；赤道之城）

坤甸是西加里曼丹省的首府，有大約55萬的人口。坤甸的地標是「赤道紀念碑」（Tugu Khatulistiwa），因為坤甸是印尼唯一被赤道穿越的城市。

「卡普阿斯河」（Sungai Kapuas）是印尼最長的河流，長達1,147公里。在城市裡有一座宏偉的清真寺，叫「偉大聖戰者清真寺」（Masjid Raya Mujahidin）。在坤甸，雖然馬來人占最多數，但馬來族、泰雅族和華人都能融洽地生活在一起，所以稱為TIDAYU（華裔—泰雅—馬來）文化。

# 印尼的行政區與各縣市

## Daerah Administrasi dan Propinsi di Indonesia

| | 省份（印尼語） | 省份（中文） |
|---|---|---|
| 1 | Nanggroe Aceh Darussalam | 亞齊省 |
| 2 | Sumatra Utara | 北蘇門答臘省 |
| 3 | Sumatra Selatan | 南蘇門答臘省 |

| 首府（印尼語） | 首府（中文） |
|---|---|
| Banda Aceh | 班達亞齊 |
| Medan | 棉蘭 |
| Palembang | 巨港 |

| | 省份（印尼語） | 省份（中文） |
|---|---|---|
| 4 | Sumatra Barat | 西蘇門答臘省 |
| 5 | Bengkulu | 明古魯省 |
| 6 | Riau | 廖內省 |
| 7 | Kepulauan Riau | 廖內群島省 |
| 8 | Jambi | 占碑省 |
| 9 | Lampung | 楠榜省 |
| 10 | Bangka Belitung | 邦加勿里洞省 |
| 11 | Kalimantan Barat | 西加里曼丹省 |
| 12 | Kalimantan Timur | 東加里曼丹省 |
| 13 | Kalimantan Selatan | 南加里曼丹省 |
| 14 | Kalimantan Tengah | 中加里曼丹省 |
| 15 | Kalimantan Utara | 北加里曼丹省 |
| 16 | Banten | 萬丹省 |
| 17 | DKI Jakarta | 大雅加達<br>首都特區 |
| 18 | Jawa Barat | 西爪哇省 |
| 19 | Jawa Tengah | 中爪哇省 |

| 首府（印尼語） | 首府（中文） |
| --- | --- |
| Padang | 巴東 |
| Bengkulu | 明古魯 |
| Pekanbaru | 北乾巴魯 |
| Tanjung Pinang | 丹戎檳榔 |
| Jambi | 占碑 |
| Bandar Lampung | 班達楠榜 |
| Pangkal Pinang | 邦加檳港 |
| Pontianak | 坤甸 |
| Samarinda | 三馬林達 |
| Banjarmasin | 馬辰 |
| Palangkaraya | 帕朗卡拉亞 |
| Tanjung Selor | 丹戎式羅 |
| Serang | 西冷 |
| Jakarta | 雅加達 |
| Bandung | 萬隆 |
| Semarang | 三寶壟 |

| | 省份（印尼語） | 省份（中文） |
|---|---|---|
| 20 | DI Yogyakarta | 日惹特區 |
| 21 | Jawa Timur | 東爪哇省 |
| 22 | Bali | 峇里省 |
| 23 | Nusa Tenggara Timur | 東努沙登加拉省 |
| 24 | Nusa Tenggara Barat | 西努沙登加拉省 |
| 25 | Gorontalo | 哥倫打洛省 |
| 26 | Sulawesi Barat | 西蘇拉威西省 |
| 27 | Sulawesi Tengah | 中蘇拉威西省 |
| 28 | Sulawesi Utara | 北蘇拉威西省 |
| 29 | Sulawesi Tenggara | 東南蘇拉威西省 |
| 30 | Sulawesi Selatan | 南蘇拉威西省 |
| 31 | Maluku Utara | 北馬魯古省 |
| 32 | Maluku | 馬魯古省 |
| 33 | Papua Barat | 西巴布亞省 |
| 34 | Papua | 巴布亞省 |

| 首府（印尼語） | 首府（中文） |
| --- | --- |
| Yogyakarta | 日惹 |
| Surabaya | 泗水 |
| Denpasar | 登巴薩 |
| Kupang | 古邦 |
| Mataram | 馬打蘭 |
| Gorontalo | 哥倫打洛 |
| Mamuju | 馬穆朱 |
| Palu | 帕盧 |
| Manado | 萬鴉老 |
| Kendari | 肯達里 |
| Makassar | 望加錫 |
| Sofifi | 索菲菲 |
| Ambon | 安汶 |
| Manokwari | 馬諾夸里 |
| Jayapura | 查亞普拉 |

# 印尼的節日
## Hari Libur Indonesia

由於印尼政府承認5種宗教，分別是伊斯蘭教、基督教、天主教、印度教及佛教，因此大多數的節日都跟宗教有關聯，而每一年節日的日期，也會按照各個信仰而訂定。

 **Tahun Baru（新年；1月1日）**

新年的前一天，印尼全國都很熱鬧，大家會聚在一起聽演唱會、看煙火、吹喇叭，等著倒數時刻的來臨。由於聖誕節假期跟新年假期是連在一起的，因此不少人選擇這時候在國內或是到國外旅遊。如果在這時候到雅加達旅行會比較輕鬆且不會塞車。但是相對的，印尼國內一些旅遊景點如萬隆、茂物、峇里島等，會變成非常熱鬧，到處都是人。

**Tahun Baru Imlek（農曆春節；依照農曆）**

　　早期由於印尼政府不開放中國文化的流傳，因此在印尼的華人只能低調地過農曆春節。一直到2000年，新政府開放有關華人文化的活動，自此農曆春節在印尼才成為熱鬧的節日之一，如在「山口洋」（Singkawang；西加里曼丹省）和「萬鴉老」（Menado；北蘇拉威西省），每年都有好多從各地來的華裔以及觀光客在那裡過元宵節。

 **Hari Raya Nyepi（印度教寧靜節；依峇里薩卡曆）**

　　寧靜節是印度教的新年，他們的新年跟一般新年比較不一樣，特別的地方在於他們採用「寧靜」的方式過新年，以純潔的心來

面對新的一年的挑戰。在這一天，信仰印度教的人都會留在家裡靜坐不做事。由於在峇里島，居民幾乎都信仰印度教，因此在那裡度過這個節日會十分有感覺。那一天，整個峇里島會安靜，像是無人島一樣，就連觀光客也不准到處走動。

## Wafat Isa Almasih（耶穌逝世紀念日）

這是屬於基督教和天主教的節日，教會或教堂會有很多紀念耶穌逝世的活動。

## Hari Paskah（復活節）

與「耶穌逝世紀念日」同屬基督教和天主教的節日。從「耶穌逝世紀念日」一直到「復活節」，有連續三天的假期。在「復活節」這一天，信徒們都會到教會參加禮拜。

## Isra Mikraj Nabi Muhammad SAW
### （先知「穆罕默德」夜行日；依照回曆）

這是伊斯蘭教重要的節日之一，乃為了紀念先知穆罕默德的第二次夜行時，從上帝那裡得到要一日進行五次的祈禱指令。

## Hari Raya Waisak（佛誕日）

這是佛教的重要節日，會在每年5月的第一個滿月慶祝釋迦牟尼佛的誕生。傳統佛誕儀式都在婆羅浮屠寺舉辦，因此在這時候前往參觀，是很好的時機。

## Hari Raya Idul Fitri（開齋節；依照回曆）

伊斯蘭教的重要節日之一，是回教徒慶祝齋戒月結束的日子。那天早上信徒們都會到清真寺一起團拜、穿節慶服飾、互相問候，也會到親戚家拜訪。「開齋節」有點類似華人過農曆年的氣氛。

## Hari Kemerdekaan RI（印尼國慶日；8月17日）

印尼國慶日訂定在8月17日，是由於1945年8月17日印尼脫離了日本的統治而獨立。這一天，全國上下都有盛大的慶祝活動，各個里都會舉辦傳統比賽，如爬檳榔樹、吃蝦餅、玩彈珠等。

## Hari Raya Idul Adha（宰牲節；依照回曆）

同屬於伊斯蘭教的節日，也稱為「獻祭的日」，時間是在開齋節後的第70天。這個節日是紀念先知「易卜拉欣」（即亞伯拉罕）對上帝的忠孝。因為這一天「易卜拉欣」本來要將他的兒子「以撒」獻給上帝，但是上帝卻叫他把要獻祭的兒子換成綿羊。所以每到這個節日，信徒們會一起到清真寺或廣場拜拜，然後殺一些羊來作紀念。

**Tahun Baru Islam（回曆新年；依照回曆）**

　　同屬於伊斯蘭教的節日，是紀念先知「穆罕默德」從麥加遷移到麥地那的日子。16世紀時，為了擴大伊斯蘭教在印尼的發展，當時位於印尼的「馬打藍國」國王「蘇丹阿貢」（Sultan Agung）決定把這一天做為爪哇人的新年。由於蘇丹阿貢把伊斯蘭和爪哇文化結合在一起，因此這天在爪哇島會有濃厚的年節氣氛。

 **Maulid Nabi Muhammad SAW（聖人「穆罕默德」誕辰紀念日；依照回曆）**

　　同屬於伊斯蘭教的節日，為紀念以及表示對先知「穆罕默德」的尊重的日子。每到這一天，信徒都會進行一些宗教儀式，包含一起讀經。

**Hari Raya Natal（聖誕節；12月25日）**

　　為紀念「耶穌」誕生的日子。每到這一天，不管是基督徒或天主教徒都會到教會或教堂一起慶祝。在印尼，聖誕節以及元旦假期會連在一起，學校、公家機關以及大部分的公司、工廠都會放長假。

# 印尼的文化習俗
## Budaya dan Kebiasaan di Indonesia

印尼國內有超過300個的種族，每個種族都有其不同的文化，且皆有數個世紀的歷史，並受到阿拉伯、中國、馬來及歐洲文化影響，可說非常多元。

### 舞蹈

若以舞蹈來說，傳統的爪哇及峇里舞蹈包含了印度教文化及神話的觀點，其中最有名的舞蹈有「克差舞」（Tari Kecak）和「短舞」（Tari Pendet）。

### 建築

印尼的建築風格深受印度建築的影響，但也不乏受到中國、阿拉伯及歐洲建築風格的洗禮，如「婆羅浮屠」（Borobudur；

世界七大奇景）和印度教的「普蘭巴那」
（Candi Prambanan）。

　　由於印尼位處赤道，氣候濕熱，許多建
築物會透過不建邊牆，來助通風及散熱。而
用來遮陽及擋雨的屋頂材料相當多樣，在農
村會使用木板片、棕櫚或泥製瓦片；在城市
則採用紅瓦片。

### 體育

　　印尼體育一般而言以男性為主，羽球及
足球為最熱門的體育活動。

### 飲食

　　印尼飲食文化在各地稍有不同，但皆
多以中國、歐洲、中東及印度料理為基礎。
米食為主食，食用時搭配蔬菜與肉類。香料
（尤其是辣椒）、椰漿、魚肉、雞肉、牛肉
為常用的食材。烹煮方式以煎、烤、炸為主。

印尼傳統音樂以「打擊樂器」居重要地位，各部族的音樂通常與舞蹈相關。「甘美蘭」（Gamelan）為印尼傳統樂器，然後在外來文化影響下，發展出與外來音樂結合的風格如「格朗章」（Kroncong）、「當杜特」（Dangdut）等。

除了「甘美蘭」之外，「昂格隆」（Angklung）也是印尼古老傳統的竹製樂器，簡單易學。這種樂器藉由竹筒和竹棍的相互碰撞發出聲音，更因為它是用手搖動發聲，所以也稱為「搖竹」。當搖動「昂格隆」框架時，竹棍就會與竹筒互相碰撞而發出「格隆、格隆」的聲響，如果連續搖奏，竹筒會傳出陣陣華麗悅耳的樂章，宛如流動不息的潺潺溪水，十分動聽。「昂格隆」在印尼常用來為舞蹈或戲劇伴奏，甚至也組成樂團集體演出。現代音樂曲風大致以搖滾、藍調、流行、節奏藍調為主。

在戲劇方面，以「哇揚戲」（Pertunjukan Wayang）最為流行。「哇揚」一詞在爪哇語意為「影子」，「哇揚戲」主要指「皮哇揚」

（Wayang Kulit；皮影戲」）。除了「皮哇揚」之外，另外還有以人演出的「人哇揚」（Wayang orang）及操縱木偶的「木偶哇揚」（Wayang Golek）。「皮哇揚」及「人哇揚」的內容多取材自印度史詩《摩訶婆羅多》及《羅摩衍那》；而「木偶哇揚」則以伊斯蘭教傳教故事為主。

## 武器

印尼傳統武器名叫「格里斯」（Keris），即「短劍」之意。「格里斯」本體是由金屬打造，而把手部分則是由木頭、動物的骨頭或角製成，直到如今，據說它仍擁有超自然能量。

## 日常生活

印尼人大部分信回教，所以有進寺（清真寺）脫鞋之習俗。現在由於一般的家庭都鋪有地毯，所以也都有脫鞋入屋的習慣。

由於印尼氣候濕熱，印尼人在每日早晨的5、6點就要洗澡沖涼，到了傍晚，還得再沖沖洗洗一次。

印尼的爪哇男人，平時習慣身裹沙龍。外出或參加慶典時，總要在腰間掛著一把精緻漂亮的「格里斯」，因為他們相信格里斯可辟邪驅穢。

　　印尼人偏愛茉莉花，並把茉莉花視為純潔和友誼的象徵。在社交場合與客人見面時，一般習慣以握手為禮。與熟人、朋友相遇時，傳統禮節是用右手按住胸口互相問好。印尼社會以尊重個人為基礎。

　　在日常事務中必須記住，客人不僅應用右手取食，而且不能用左手觸碰食物。印尼人忌諱用左手傳遞東西或食物。他們把左手視為骯髒、下賤之手，認為使用左手是極不禮貌的。

　　伊斯蘭教徒禁食豬肉和使用豬製品，大多數人不飲酒。印尼人一般都不喜歡吃帶骨、刺的菜肴。

# 重要網站
## Website Penting

· 雅加達公車路線
　Jalur Bus di Jakarta

　http://transjakarta.co.id/peta-rute/

　票價 Rp. 3,500

　發車時間 05.00~22.00

· 蘇加諾-哈達國際機場
　Soekarno-Hatta International Airport

　http://soekarnohatta-airport.co.id/en/home

· 印尼鐵路有限公司
　PT. KeretaApi Indonesia

　https://tiket.kereta-api.co.id/

· 駐印尼台北經濟貿易代表處
　Taipei Economic and Trade Office,
　Jakarta, Indonesia

　http://www.roc-taiwan.org/id/index.html

　JalanJendralSudirmanKav 52-53
　GedungArthaGraha Lt.12
　Jakarta Selatan 12190

　緊急連絡電話 +62-811-984-676

# 印尼語發音
## Pelafalan Bahasa Indoenesia

　　印尼語（Bahasa Indonesia）是以馬來語為基礎而發展起來，屬於「南島語系」（Austronesia），在發展過程中受到許多外國及地方語言的影響，如荷蘭語、英語、阿語、漢語、葡萄牙語等語言，因此在印尼語詞彙中可見到不少跟這些語言很相似的詞語。直到如今，印尼語仍然不斷吸收以英文為主的外來詞語。

　　印尼語採用拉丁字母當作基本的拼音文字，總共有26個字母，也就是大家熟悉的26個英文字母。

　　印尼語是一種簡單易學的語言，它不僅沒有特殊符號，也屬於非聲調語言。拼音規則多為子音和母音結合成一個音節，其中子音不能單獨組成音節，但母音可以。

# 印尼語26個字母發音

| 大寫 | 小寫 | 音標 | 大寫 | 小寫 | 音標 |
|------|------|-------|------|------|-------|
| A | a | [ a ] | N | n | [ en ] |
| B | b | [ be ] | O | o | [ o ] |
| C | c | [ ce ] | P | p | [ pe ] |
| D | d | [ de ] | Q | q | [ ki ] |
| E | e | [ e ] | R | r | [ er ] |
| F | f | [ ef ] | S | s | [ es ] |
| G | g | [ ge ] | T | t | [ te ] |
| H | h | [ ha ] | U | u | [ u ] |
| I | i | [ i ] | V | v | [ ve ] |
| J | j | [ je ] | W | w | [ we ] |
| K | k | [ ka ] | X | x | [ eks ] |
| L | l | [ el ] | Y | y | [ ye ] |
| M | m | [ em ] | Z | z | [ zet ] |

┌─────────────────────────────────────────────┐
│ 國家圖書館出版品預行編目資料                          │
│                                             │
│ 印尼導遊教你的旅遊萬用句 / 許婉琪著；                   │
│ --初版--臺北市：瑞蘭國際, 2017.01                   │
│ 192面；10.4 x 16.2公分 --（隨身外語系列；55）         │
│ ISBN：978-986-94052-3-2（平裝附光碟片）            │
│ 1.印尼語 2.旅遊 3.會話                            │
│                                             │
│ 803.91188                          105024589 │
└─────────────────────────────────────────────┘

隨身外語系列 55

# 印尼導遊教你的
# 旅遊萬用句

作者｜許婉琪·責任編輯｜潘治婷、王愿琦·校對｜許婉琪、潘治婷、王愿琦

印尼語錄音｜鍾聲義、鄭佩娣·錄音室｜采漾錄音製作有限公司
封面、版型設計｜余佳憓·內文排版｜林士偉、余佳憓

董事長｜張暖彗·社長兼總編輯｜王愿琦·主編｜葉仲芸
編輯｜潘治婷·編輯｜紀珊·編輯｜林家如·編輯｜何映萱
設計部主任｜余佳憓
業務部副理｜楊米琪·業務部組長｜林湲洵·業務部專員｜張毓庭
編輯顧問｜こんどうともこ

法律顧問｜海灣國際法律事務所　呂錦峯律師

出版社｜瑞蘭國際有限公司·地址｜台北市大安區安和路一段104號7樓之1
電話｜(02)2700-4625·傳真｜(02)2700-4622·訂購專線｜(02)2700-4625
劃撥帳號｜19914152 瑞蘭國際有限公司
瑞蘭網路商城｜www.genki-japan.com.tw

總經銷｜聯合發行股份有限公司·電話｜(02)2917-8022、2917-8042
傳真｜(02)2915-6275、2915-7212·印刷｜宗祐印刷有限公司
出版日期｜2017年1月初版1刷·定價｜280元·ISBN｜978-986-94052-3-2

瑞蘭國際